KB121721

브로큰 라인
------선으로 가는 중——→

브로큰 라인

------선으로 가는 중⟶

문유정 · 링링 · 안정화 · 카덴자 소설 모음

위시라이프

인생은 수많은 점을 이어놓은 선이다
우리는 점에서 선으로 가는
브로큰 라인-점선에 있다

어른과 으른 사이

문유정

어른과 으른 사이

0. 점선

아이를 낳고 키우며 나이를 잊었다. 약봉지를 받아들었는데 이름 옆 괄호 안에 적힌 '만 35세'가 왜 이리 낯선가. 시간은 어김없이 흘렀고 여자도 밀물에 든 썰물에든 휩쓸리다시피 달렸는데, 그러느라 나이 세는 걸 깜빡하고 있었다. 문과 출신인 여자에게 다행인 건 아이와 딱 서른 살 차이난다는 것. 아이가 한 살이면 서른한 살, 아이가 일곱 살이면 서른일곱 살. 아이가 없으면 나이도 못 세겠네 싶어 웃음이 난다.

아이가 있고 여자가 있구나. 그리고 아이가 있어 여자가 없었다.

2023년 6월 16일 금요일 10시 20분, 2교시 수업이 끝나고 쉬는 시간. 뻐근한 목을 한 번 움직이고 아이 반찬을 주문하러 카페 앱을 연다.

이웃 소식이 궁금하지? 이웃과 정보를 나누며 살 텐가? 어떤 이유로 '내 카페' 목록 아래에 놓여진 '강서구 이웃 소식.'

이쁜이가 주인을 잃어버렸나봐요.

옷 수선 어디 잘 하나요?

자전적 글쓰기 강연 소식입니다.

안경 쓴 남자를 전면에 둔 포스터 한 장과 다섯 차시 강의의 짤막한 설명. 게으른 오후, 서울형책방지원사업.

책방 위치를 검색했다. 캘린더와 5개의 일정을 비교 체크하고 화면을 캡쳐해 남자의 일정과 의중을 물었다.

능력을 의심하며 고민하는 사이 마감되면 어쩌나,

그럼 좋은 핑계지 뭐.

기대 섞인 걱정을 하며 12시 20분 댓글을 썼다.

관심 있어서 댓글 남깁니다.

여자가 발자국처럼 남긴 점들이 자라기 시작했다. 선을 꿈꾸며. 선을 향하여.

7200초, 반찬은 주문하지 못했고 숙제를 하나 얻었다.

여자가 있고 아이가 없었다.

1.   발달과업

여자는 배드민턴을 배울까, 볼링을 배울까 고민한다. 엄마의 귀에는 배드민턴 동호회에서 남자를 만나볼까, 볼링 동호회에서 남자를 골라볼까로 들렸다.

여자는 실력 향상에 진심이었다. 대면 레슨은 물론 영상을 찾아보고 승급을 목표로 시합에 나갔다.

스물아홉, 엄마는 발달과업을 수행하지 못하고 있는 여자에게 퇴거를 명령했다.

내 집이 여긴데 내가 어딜 나가.

여자는 억울했다. 이 집에서 엄마의 밥을 제일 맛있게 먹고 반듯하게 빨래를 개키며 뽀득뽀득 방을 청소하고, 방값 겸 용돈을 드리며 규칙적으로 생활하고 있는 난데! 난데없이 아웃이라니.

여자는 친구에게 들어온 소개팅을 이어받았다. 집 비밀번호가 된 일요일 그날. 승강장이 9개, 출구가 6개, 백화점이 3개인 영등포역이 미션 수행 장소였다. 촌놈이었던 남자는 출구를 못 찾고 헤매다 첫 만남에 늦었다. 마늘에 미친 레스토랑에서 꽤나 짭짤하고 매콤한 파스타를 먹었다. 커피 못 마신다는 여자에게 별다방에서 녹차 프라푸치노를 골라줬다. 그 카페인에 잠 한숨 못 자고 월요일을 맞았다.

얼굴을 떠올리려 애쓰지만 잘 기억 못 하는 여자. 남자가 했던 마디마디의 말을 되새김질하고 주고받은 카톡창을 내내 들여다보며 설렜다. 퇴근 후의 짧은 만남, 주말 이틀이 아쉬워 100일째 되는 날 남자는 편지에 그 단어를 정확히 썼다. 여자도 같은 마음이었다.

발달과업을 수행하는 거다. 이보다 더 달달하고

촉촉할 수 없는 29회 말 연애 중계에 엄마는 여자와 함께 연애하는 기분이었다. 안 먹어도 배가 불러 체중을 줄여가던 여자에게 돌연 이번 발달과업의 핵심은 '현실'이라며 엄마는 반대하는 흉내도 내었다가 건실한 다른 청년을 선보이는 등 바빴다.

겁도 없이 상경해 시간과 장소의 무자비함을 온몸으로 겪은 부모였고, 그들이 내린 결론은 집 한 채가 그 시작이자 끝이었다. 이과 남자는 10년 치 경제 계획을 포트폴리오로 만들어 아빠에게 내민다. 그 몇 장의 종이가 여자를 데려가려는 '어떤 놈'을 '김서방'으로 신분 상승시킨 건 아닐 거다. 아빠를 쏙 빼닮은 고집 센 여자의 선택에 져 줬을 뿐. 엄마는 또 다른 엄마에게 전화해 담판을 지었다.

— 애들 전셋집은 있어야 하지 않겠습니까. 반씩 해옵시다.

결혼에 사랑이냐 돈이냐 반 갈라 무게를 재면 8:2 정도. 돈을 따지기에는 금방 사랑에 빠졌고 밀당하는 성격이 아니라고 핑계를 대본다. 나도 알고 너도 아는 이름의 회사를 다녀서 둘이 벌면 먹고 살겠지 싶었다. 남자는 대한민국 인구 중 20%를 차지하는 천만 김씨 중 한 명이다. 장녀답게 제 할 일 스스로 하며 누구도 지우지 않은 짐을 지고 살아온 여자에게 2남 중 막내인 남자는 다행이었다. 결혼과 동시에 효자가 된다는 신파에서 벗어난 남자였다.

딸 같은 아들만 둘인 집안이었다. 남자의 집은 새롭게 가족이 된 여자를 특별하게 대하지 않았다. 여자는 늘 존재하던 사람처럼 녹아 있을 수 있는 편안함이 좋았고, 가끔은 좀 의식해 주기를 바라는 서운함도 동시에 있었다. 자신들의 이야기를 하기에만도 시간이 부족해 속사포처럼 쏟아내는 시끌한 가족. 귀를 통과하고 한 번 생각해야 무슨 말인지 알아들을 수 있는 사투리인 듯 아닌 듯한 말. 여자는 '니 성격대로 하고 살아야 편하다'는 엄마의 조언은 들었으나 원래 성격이 그러했다.

좋은 건 좋다 싫은 건 싫다 했다.

2.　배꼽

여자가 또 다른 여자에게 생명을 의탁한 흔적. 여자를 키운 자리. 이제 그곳은 새 여자에게 자리를 내어주며 복벽 밖으로 탈출했다. 이른바 참외배꼽, 인체의 신비다. 막달, 덥고 가렵고 무겁다. 그 어떤 방향으로 누워도 불편하다.

남자는 눈을 채 뜨지 못하고 여자 다리에 난 쥐를 잡는다. 엄마 고생 그만 시키고 이제는 나오는 게 좋겠다, 큰 여자를 달랜다. 여자는 반쯤 뜬 눈으로 화장실에 가며 클 만치 크고 건강하게 나와, 작은 여자를 달랜다. 아이들 가르치며 오줌 참는 거로는 1등도 하겠는데, 자궁의 무게는 밥줄의 무게를 능가한다. 왈칵. 따뜻하다. 화장실 불을 켰다. 오줌이 아니다. 509호의 불이 환히 켜졌다. 예비 엄마와 아빠의 호들갑이 무색하게 분만실 간호사의 목소리는 차분했다. 샤워하고 천천히 오세요.

여자는 남자의 손만 쥐었다 놓았다 반복한다. 큰 대회를 앞둔 선수들의 이미지 트레이닝마냥 막달의 여자는 출산 후기를 찾아 읽으며 의지를 다지고 눈물을 훔쳤었다. 진통, 출산, 순산은 의지의 문제가 아님을, 행간에서 짐작했더라도 그건 정말 겉대중이었음을.

치과 조명보다 몇 배는 눈부신 조명이었다. 그 아래에 여자가 이를 딱딱 부딪치며 섰다. 스물 세 시간째였다. 남자의 손을 놓고 홀로 들어선 방은 건물 밖 8월의 늦더위가 그립게 참으로 추웠다. 차디찬 침대 위에 내 발로 걸어가 누우며 잘 부탁드린다는, 목적어가 생략된 말을 마지막으로 만들어진 잠 속에 안착했다. 단 하나의 목적어, 오직 아이. 남자는 고양이 울음소리를 들었다고 했다.

2017.08.12. 01:59. 여자가 엄마로 다시 태어났다. 선선한 바람이 불었다.

3.   꼬랑내

옥시토신, 프로락틴(학교에서 배운 듯 하나 쉬이 외워지지 않는 이름의 호르몬들)이 움직이기 시작한 게 분명하다. 머리가 아니라 몸이 아는 거였다. 본능의 영역. 태초 이래 여자들은 종족 번영을 위해 이 시기를 초인적으로 견뎌내도록 프로그래밍되어 있는 것이겠지. 아이의 생존에 위협이 되는 것들을 제거하도록. 설사 여자 자신의 생존과 관련된 것일지라도.

벌겋고 쭈글쭈글한, 생사의 끈을 어미에게 내맡긴 저 생명체. 두 시간마다 먹고 열 번도 넘게 싼다. 먹였는데, 갈았는데, 재웠는데, 그래도 우는 아이에게 미안하다고 되뇌며 여자는 함께 운다. 아이 옆에서 설핏 잠이 들었다가 놀라서 깬다. 코 밑에 손가락을 대 보고 가슴 위에 손을 얹어 본다. 바닥에 납작 엎드려 가슴에 눈높이를 맞춘다. 가는 숨자국을 느끼기 위해 내 숨을 멈춘다. 배냇짓이라도 해주면 그 수고를 던다.

살아 있다. 여자도 살아는 있다.

찰흙 덩어리를 크고 작게 떼어 살짝 길쭉한 모양

으로 굴렸다. 엄지부터 새끼까지 다섯 덩어리를 빚어 큰 덩어리에 붙여 놓은 듯한 발. 딛고 서라고 만들어진 저 발은 아직 제 기능을 하지 못한다. 의도를 가지고 꿈틀대는 것인지 아닌지도 모르겠는 움직임으로 속싸개를 들춰야 볼 수 있는 곳에 있다. 만져 보기도 조심스럽게 너무도 작은 그 발을 가만히 본다. 신기했다가 한편으로는 무서워져 고개를 저었다.

검지 손가락만 했던 발이 이제는 엄지와 검지 손가락을 좌악 펼쳐 재야 할 만큼 자랐다. 제 기능을 한다. 쉴 새 없이 땅을 딛고 내달린다. 목욕을 해도 가끔 꼬랑내가 난다. 유독 지친 날, 꼬랑내를 풍기며 그 꼬랑내를 찾아간다. 모양도 어미를 꼭 닮았다.

— 엄마, 안아 줘. 엄마, 발 만져 줘.

나란히 누워 발을 감싸 쥐고 주문을 건다. 화낸 거 미안하다는 사과, 무슨 일이 있어도 너를 지킬 거라는 다짐, 너를 사랑한다는 최면. 꽉 쥐었다가 티 안 나게 냄새도 맡고 뽀뽀도 한다. 과학, 호르몬, 모성애, 뭐든 본능이 판을 깔았지만, 결심이 세운 여자와 아이의 영역.

20

4. 낯선탐

낯선탐. 처음 들어보는 단어다. 국어사전에도 없
는 말이다. '낯설다'에 '타다'를 합성해 '낯설음 타다'
가 되고 이를 줄여 쓴 말인가 보다. 사전이 담지 못한
방언. 아이는 여자 옷을 붙잡고 늘어진다. 아이는 여
자를 닮아 낯선탐을 한다.

마실, 안부를 묻는 남자가 나고 자란 동네의 룰.
용건이 없어도 들어와 앉았다가 별 인사도 없이 나가
는 인간 친화의 현장. 첫해는 엉덩이 떼고 안녕하세
요, 뒤돌아 누구셔, 남자에게 속삭여 묻다가 이제는
안녕하세요, 그냥 알은체한다. 여자는 계획보다 이르
게 아줌마 딱지를 달았고 그 핑계로 좀 천연덕스러워
졌다만, 아이는 여러 사람 뒤섞여 시끌하고 정돈되지
않은 이곳이 여자의 본심처럼 낯설 뿐이다. 이 가면
을 벗어 씌울 수 있다면 싶다가도, 씌우기엔 그 얼굴
이 그 눈이 아까울 만치 말갛다.

친정은 시댁보다 거리가 가깝고 마음은 가깝다 못

해 붙어 있으니 때가 아니어도 들락날락, 피아노할미와 안경할아버지에게는 잘 웃고 안기고 장난도 친다. 외할머니 친할머니 하는 게 싫어 어쩌다 붙여 부른 말로 여섯 해를 났다. 작고 꼬물거리는 거 한번 안아 보고픈데 고깔할미와 눈썹할아버지한테는 민망스레 튕긴다. 안아 보고 싶은데 안기지 않는 손주를 보는 마음과 좀 안겼으면 좋은데 안기지 않는 아이를 보는 어미의 마음 중 어느 쪽이 더 불편할까 생각해 본다.

— 뽀오얀히 예뻤어. 뽀오얀히.
시엄마의 사운드트랙 #4, 며느리는 다 외우는 얘기.
첫째는 못 먹어서 그런가 낳았더니 새카맣고 얼굴에 털이 숭숭난 게 원숭이 같어. 하도 못생겨가지고 챙피해서 야를 안고 어떻게 바깥을 나가냐 했지. 둘째는 뽀오얀히 예뻤어. 뽀오얀하니. 뽀오얀히 이뻤어. 이히히히. 사람들이 이쁘게 생겼다고 다 그랬어. 내가 어물가게 야채가게 한다고 데리고 나오면 서로 안고 가서 몇 시간씩 봐주고 그랬지.
시장 바닥에 내다놓고 키워졌다는 남자는 무척이

나 도전 지향적이며 모험도 감행한다. 이제는 안다. 계획과 걱정으로 하세월하던 여자가 그에 물들어 새롭게 먹고 자며 밑바닥부터 다시 시작하고 있음을. 덩달아 엄마 껍딱지도 결이 다르게 크고 있음을. 사운드트랙 #4는 해피엔딩임을.

5.   코, 입

아이가 두루마리 휴지를 둘둘 풀어 쥔다. 코에 대고 쓰읍 들이켠다. 쉬 닦기 전 경건한 의식. 노란선으로 꽃과 벌을 그리고, 연두색으로 회사 로고를 쓴 심미적 휴지. 무슨 향인지 묻기에 여자는 예의상 냄새를 맡아보지만 포장재를 찾아 이내 베란다로 간다. 향긋한 봄꽃향. 알고 있는 봄꽃들을 나열해 보지만, 봄꽃향은 애초에 관심 대상이 아니었다. 꽃조차도. 연애시절엔 내 돈도 아니었기에 예의상 웃으며 받아줬다. 결혼 이후 꽃'다발'은 이거 얼마야를 먼저 묻게 되는 기호품이자 사치품. 기분 전환을 위해 다이소에서 조화를 살 만큼의 돈으로 생화를 소량 사 꽂아둔 적은 있지만 '눈'을 위해서였지.

　여자는 포털사이트 건강 칼럼을 즐겨 읽고 혹여 비슷한 증상이 있으면 질환에 대해 더 알아보는, 불안과 강박을 제거한 건강한 수준의 건강 염려증을 안고 산다. 아이 손을 잡고 뛸 수 있게, 유해한 담배 연기만 유일무이 구분하며 사는 여자에게 코를 십분 쓰고 사는 아이와 그 유전자를 새겨넣은 남자가 신기하다.

　— 카레가루 넣으셨어요?

　살림하는 남자가 친정엄마 옆에 붙어 섰다. 여자의 엄마는 육해공 산해진미를 식탁에 올려내는 타고난 주부다. 그래서 여자는 시작도 전에 요리를 포기하지 않았나 생각한 적이 있다. 짠맛에만 유독 민감한 혀와 내 살림을 갖자마자 들어선 아이와 입덧도 한몫했다. '너는 여자가 돼가지고' 친정엄마가 여자의 요리포비아에 잔소리를 늘어놓지만, 좋아하는 거 하고 살라고 키운 건 엄마 아니십니까, 잘하는 걸 하는 게 효율적인 거라고, 요리마저 잘 하면 인간적이지 못하다고 받아친다. 그리고 김서방이 있잖아.

24

요리책, 이유식과 유아식책, 저울과 계량스푼 모두 있다. 메뉴 정하고 페이지를 정독한다. 냉장고에 없는 재료가 있으면 과감하게 다른 메뉴로 패스. 4인분 기준 레시피를 따라하니 우리 식구한테는 양이 지나치게 많고, 모든 재료를 절반으로 했더니 간이 안 맞고, 망한 요리를 되살릴 미각도 없다. 미각이 있었으면 애초에 죽이지도 않았겠지만. 타고난 건 노력으로 어쩌지 못한다.

— 엄마, 버터 넣었어?

— 응. 할머니가 야채를 버터로 볶으면 더 맛있대.

환상이지? (아차차, 작은 여자 버터 싫어하는데!)

모처럼 퇴근하고 힘이 남아돌더라니. 검열 후 남겨진 카레밥은 여자의 몫이다. 이래서 살이 찐다. 이렇게 남은 힘을 소진한다.

6.　밥줄

아이와 여자의 팔이 팽팽하다. 둘은 나란히 걷지 못한다. 여자는 소가 되어 아이를 멍에로 얹고 밥

줄 쟁기를 끌러 간다. 아이의 보폭에 맞춰 다시 느려진 발걸음으로 다급한 마음을 자위한다. 무슨 부귀영화를 누리자고. 답답함, 억울함, 분노, 구별도 안 되는 잡탕 같은 머리를 고장난 TV 두드리듯 탁탁 치고 벨을 누른다. 어린이집 선생님은 아이를 홀려 문 안으로 사라졌다. 자전거 자물쇠를 풀어 오르막도 내리막처럼 내달린다. 여자는 아이에게 어떤 표정으로 인사를 건넸던가 떠올린다. 땀이 식고 닭살이 돋았다. 오톨도톨 죄책감이 함께 돋아 올랐다. 짠한 사랑.

재미, 장난이 넘치고 웃음과 친절이 기대되는 곳. 하루는 아이들 따라 물색없이 기분이 좋아졌다가, 또 하루는 눈치 빠른 이쁜이에게 모서리를 들켜, 가면 하나를 더 써야 하는 곳. 스물넷에 시작해 14년 차. 근 삼백 색깔의 들숨과 날숨을 엮어 오늘을 조각하고 미래를 빚는다. 여자를 선생님으로 부르는 그곳은 무질서 속에서도 시작과 끝, 계획이 존재하는 정돈된 공간이다. 그리하여 아이도 잊고 여자로 오롯이 존재해 보람과 성취감을 연료마냥 채울 수 있는 애증하는 여자의 밥줄.

수고했어 오늘도.

옥상달빛의 노래가 퇴근 종소리다. 진짜 수고했다.

다시 자전거를 탄다. 아이와 나에게 남은 시간이 아까워서 달린다. 한 땀 빼고 벨을 누른다. 이번에는 확실히 웃는 표정이다. 아이와 여자는 손을 놓았다. 둘은 나란히 걷지 않는다. 아이는 세상을 좇고, 여자는 그런 아이를 눈으로 좇는다. 아이는 아이 세상, 여자는 여자의 세상에서 빛나고 있다. 섬세하고 다정한 이별이 쌓이고 쌓여 아이를 세상에 내보내는 날, 여자는 만세를 부르리라.

찐한 사랑.

7.   육아

때마다 진심 아닌 순간은 없었고 따져 보면 쉬운 것도 아니었다. 속단하기에는 이르나, 그 누가 반대할지 모두 동의할지 모르겠으나, 비교적 결과가 좋았던 삶이라 '좋았다'고 두루뭉술 포장되어 있다. 행복했던 기억도 속상했던 기억도 잘 잊는 편이다. 정리하자면 여자는 기억 미화 및 삭제에 능하다. 한 예로 둘째를 낳을까 생각해 보았다. 여자와 달리 굉장히 현실적이며 기억력이 좋은 남자는 '고통은 현재진행중'이라며 손을 휘저었다.

여자는 평범하다. 스물에 대학, 스물넷에 일을 시작했고, 서른에 결혼해, 서른하나에 애를 낳았다. 여자가 아는 세상, 여자가 사는 세상에서 여자는 지극히 보통이다. 여전히 이 세상 밖의 세상을 잘 알지 못하지만 서른일곱의 눈칫밥으로 알게 된 사실이 있다. 평범한 부모 밑에서 평범하게 자라 무난하게 공부하고 무난한 직장을 얻고 예사로운 자와 결혼해 예사로운 아이를 키우고 있는 게 어쩌면 행운이 적당히 섞여 있거나 단지 선택의 산물일 수도 있음을.

여자가 지금의 여자로 자라기까지, 아이가 오롯한 사회 구성원으로 자라기까지 그 속은 생태계, 태양계 그 어떤 상호작용만큼이나 복잡하리라. 아이를 키우며 여자를 돌아본다.

나의 의식과 무의식. 자아와 초자아.

육아는, 넘쳐나는 정보 속에 떠올랐다 잠겼다 하는 외로운 섬이다.

아이는 죽을 만치 좋은데 여자가 죽을 것 같은 모순이다. 의식적으로 아이를 사랑하고 무의식적으로 아이를 미워하는 날것의 무엇이다.

할 수 있는 일, 할 수 없었으나 해야 하는 일을 해내며 버티는 남자에게 니가 아무리 해도 안 된다고, 제발 나를 불쌍히 여기라고 울부짖는 여자 그 자체다.

식탁 의자에 우두커니 앉아 검색창에 써봤다.

우울증.

질병 코드, 보험 정비, 직장 내 불이익을 고민하다 병원에 가지 않았고 약을 먹지 않았다. 그리고 모일 모시 누가 죽었다.

쿵.

이어진 울음소리. 자체 음소거로 세상의 소리를 닫고 생각했다. 여자가 죽으면 울 아이와 남자를. 정신을 차리고 읽고 쓰기 시작했다. 우울이 비집고 들어올 틈을 깨알 글씨로 막는다. 놀이터에서, 텐트 안에서, 쉬는 시간에, 밥상 위에서, 절실하게 간절하게.

여자는 펜을 들어 나이테 하나를 긋고 다시 크기 시작했다.

다시 스스로를 돌보기 시작했다.

8.   낙

금요일과 토요일은 너무 뻔했다. 그래서 목요일이다. 불금으로 연결되는 전날 밤부터 뜨거울 수 있게, 주말을 앞둔 설렘을 끌어와 연장하는 느낌으로. 재차 묻고 답하며 굳이 확인하지 않아도 몸과 마음이 알고 원하는 남자와 여자의 그날. 전략은 아이를 일찍 재우되 여자가 함께 잠들지 않는 것이다. 시작은 남자였다.

여자친구를 초대할 날짜를 정했다. 남자는 퇴근하고 날 잡아 대청소에 돌입했다. 쓸고 닦고 버렸다. 이 좁은 집에 100리터만큼의 쓰레기가 있었다니, 여자는 표나지 않게 미간을 구겼다 펴며 들어갔다. 자아 성찰인지 자랑인지 칭찬을 바라는 건지 의아했다.

쓰레기 봉투에 들어가지 않고 남겨진 것들을 살펴 보았다. 졸업사진, 공대 부심 잔뜩 풍기는 두꺼운 서 적과 노트들, 그 사이 보랏빛 포스트잇에 동글동글한 글씨체. 얼굴도 존재도 모르는 전 여자친구가 쓴 쪽 지였다. 도서관에 자리 잡아 놓을게 오빠. 하트. 남자 는 손보다 더 떨리는 목소리로 이게 왜 거기 있냐며 황급히 낚아챘다. 여자도 궁금했다. 버릴 건 다 버렸 다면서 남겨진 이 쪽지의 의미에 대해. 각자의 선로 로 걷던 시간, 남자 옆에 있었을 누군가에 살짝 질투 심이 일었다. 묻기도 전 남자는 그간의 연애사를 줄 줄 털어놓는다.

결국 너를 만나려고 그랬던 거야. 잔뜩 쪼그라져 있던 심장 근육이 툭 이완되었다.

책상 옆 여자 키보다 작은 냉장고에는 치킨 쿠폰 이 줄 맞춰 냉동칸 문짝을 가득 메우고 있었다. 참 다 양한 곳에서 많이도 골고루도 시켜먹었다. 하나 둘 셋 열. 왜 공짜 치킨으로 바꿔먹지 않았을까 궁금했다. 자영업자들에게 미안해서란다.

치킨데이. 시작은 남자였으나 여자가 동참해 한 달 식비 사분의 일의 당당한 비중으로 고단한 일주일을 위로하고 치유하는 축제일, 스페셜데이.

살림꾼으로 거듭난 남자는 쿠폰에 진심이다. 배달비를 깎을 쿠폰을 챙길 뿐 아니라 때때로 배달원이 되길 자처한다. 비가 와도, 더워도, 자전거를 탈 만큼이라도. 가정 경제에 진심인지 치킨에 진심인지 아님 둘 다든지, 여자는 캠핑용 미니상을 펴놓고 알다가도 모르겠는 신기한 남자와 치킨을 기다린다.

치킨 브랜드와 메뉴는 변경 가능, 사이드는 변경 불가, 잠든 아이.

성장곡선 어디쯤에서 부모 속을 뒤집고 이성의 끈을 놓게 하는 아이 뒷담화, 그럼에도 물고 빨고 예뻐 죽겠는 뭔가 배우고 커 가는 아이 자랑. 배달앱에서 배달현황을 실시간 조회하며 닭을 기다리는 우리에게 필요한 건 인내심, 부모에게 필요한 것도 사랑보다 인내심이라는 것을 깨닫는 목요일. 사랑하지 않아

서가 아니라 인내하지 않았을 때 후회하니까.

치킨상을 무르고 방문을 연다. 잠든 아이 곁에 누워 쓰다듬고 입맞춘다. 남자에게 애 깨, 잔소리 하는 여자, 목요일의 마무리 풍경.

생경했다. 아이를 물끄러미 보다가 뺨을 맞대고 지그시 눈을 감는 남자. 내 자식한테 왜, 아 네 자식이기도 하지, 싶었다. 눈매가, 손발이, 운동신경이 엄마를 닮았네 해도 성 물려준 제 아비를 빼다박은 아이. 아이를 낳고 싶어진 이유가 되어준 남자. 김씨로 묶여 여자의 사랑을 동시에 받았다가, '김씨 다 나가' 함께 벼락을 맞았다가, 하나 걸러 하나 간택되어 선별적 사랑을 받는 그들.

나란히 누워 얘기한다.

여자, 우리 너무 사랑했었다.

남자, 미쳤었지.

9.   다음화

새로운 시작
- 제37화 -

S#1.   장소 : 부엌 식탁 앞

여자   (남자와 눈빛을 교환하며)

　　　열매야, 너 책 좋아하지?

아이   (김을 한 장 집으며) **응!**

여자   (눈치를 살피며)

　　　우리 책 만들까? 글자는 엄마가 쓰고,

　　　그림은 열매가 그리고.

아이   (다섯 손가락에 묻은 소금을 차례로 쯥쯥 빨며)

　　　좋아.

여자   **책 만드는 방법을 배워야겠다.**

　　　엄마 공부하러 다녀도 돼?

아이   (씹던 밥알이 다 보이도록 입을 크게 벌리며)

　　　안 돼!

　　　(금세 눈물이 차올라 뚝뚝 떨어진다.)

댓글을 쓴 날 저녁 모습이 이러했다. 6월 20일 디데이도 다르지 않았다. 엄마를 잡아 세울 무기, 아이는 굵은 눈물부터 떨군다.

고민이 뒤섞여 복잡한 머리를 세차게 흔들고 여자는 기어이, 결단코, 결연히, 문을 열었다. 첫날은 실랑이 끝에 늦어진 시간 때문에 택시를 타고 책방 문 앞에 내렸고, 동네를 헤매다 세 배의 시간을 써 버스를 타고 집으로 돌아왔다.

발걸음 때마다 보이는 풍경이 다르다. 두 번째 길, 옹기종기 모여 있는 아이 셋을 그린 그림이 화랑에 걸린 것을 보았다. 세 번째 길, 김밥집 치키치키 밥 짓는 소리를 들으며 고소한 참기름 냄새를 맡았다. 네 번째 길, 호기롭게 버스에서 공책 펼쳐 몇 줄 쓰며 피식 웃음도 흘려보았다. 끝나는 시각에 맞춰 남자가 차를 대고 기다리고 있다. 밤눈이 어두운 여자를 위해, 엄마를 한시라도 더 빨리 보고 싶은 아이를 위해.

가만히 보면 마음이 달라진 거다. 여자를 돌볼 수 있는 틈이 생겨나고 있다. 동시에 아이로 말미암아

생긴 틈이 메워지고 있다. 남자와 여자 사이의 틈, 여자와 아이 사이의 틈, 여자 안에서의 틈. 틈이 틈을 메운다. 아이와 남자가 주기를 기대하지 말고 여자가 스스로 지키고 만들어야 하는 겨를이다.

밤이 깊어지는지 아침이 밝아오는지 하늘만 보아서는 가끔 헷갈리는 시각, 눈을 비비고 새벽을 열어 여자는 나라를 세운다.

— 애만 없으면 내가 나라를 세운다.

아이를 고민하는 친구에게 이렇게 말했었다. 읽고 쓰며 방법을 찾아 벽돌 하나를 올린다. 아이와 함께 살아갈 나라를 세운다. 한 번의 출산 한 명의 아이가 여자와 남자의 세상을 뒤흔들었다. 가히 여자와 남자의 딸답다. 매일 거르지 않고 카운팅되는 셋의 동거. 아이도 기르고 여자와 남자도 커 가는 이천여 일의 육아 속에 다시 밝은 아침, 계속되는 줄다리기. 어제보다 오늘 더 사랑하고, 내일은 더 사랑할 거라는 속삭임은 참말이란다. 지지고 볶고 고운정 미운정을 쌓아 서로에게 맞춰 가는 시간. 서로에게 건넨 오늘 마지막 말이 다음 아침 좋은 시작이 될 수 있게 노력하며.

아이에게 물었더니 어차피 가야 하니까 더이상 울지 않는 거란다. 어미와 헤어지지 않겠다는 본능의 영역이 네 번 만에 이해의 영역에 도달했다고는 생각지 않는다. 그저 여자가 시작했고 반복했을 뿐. 여느 때라면 잠에 근접했을 시각, 남자 손 잡고 파자마 차림으로 한 편의점 투어와 화려한 간판 불빛 구경이 재미있다는 또 다른 본능에 가 닿았을 뿐.

S#2.　장소 : 서재
여자　엄마 책 쓰려고. 뭘 쓰면 좋을까?
아이　(장난기 가득한 눈으로)
　　　무섭고 징그러운 이야기.
여자　(히죽히죽)
　　　너한테 제일 무서운 일이 뭔지 아는데.
아이　(놀란 눈으로)
　　　오늘 엄마 죽을 거야? 죽지 마!

아이의 말에 마음 한 구석 두려움이 생긴다. 오늘

몸조심해야지. 같은 길로 출근해 그 길을 거슬러 집에 돌아올 나지만, 그래도 좌우 잘 살피고 길을 건너리라. 계단 오갈 때도 잘 디디리라 다짐해 본다.

∗∗ <게으른 오후>에도 '어른'으로 '으른'이 되어 가는 여자
의 이야기를 쓴다. 주어진 페이지는 여기가 끝이지만, 여자
에게는 다음 페이지도 계속되는 이야기다. 당신도 써보라.
운이 좋아 여자처럼 일기뿐일 글이 나를 메우고 책이란 이
름표를 달 수도.

파차마마에서 보낸 날들

링링

파차마마에서 보낸 날들

파차마마에는 비가 오지 않는다. 늘 쨍한 햇볕으로 시작하던 아침과 느지막이 아점을 먹고 나면 너무 더워서 한 발짝도 밖으로 나가고 싶지 않던 한낮, 그리고 해가 떨어지기 무섭게 팔뚝이 선뜻선뜻해지던 늦가을 같던 저녁. 파차마마에서 보낸 날들을 돌이켜보면 그런 날씨들이 떠오른다. 그리고 양양을 생각한다.

처음 봤을 때, 양양은 파차마마 마당에서 담배를 피우고 있었다. 마당 한 편에는 공용 세면장 입구를 가려주는 꽃밭이 있었고, 꽃밭 옆에는 탁구대가, 탁구대 옆에는 나지막하고 넓적한 돌판 하나가 놓여 있었다. 오랜 세월 동안 풍파에 자연스럽게 깎인 듯한 모양의 돌판은 생김새나 높이가 테이블로 적당해 세면장이나 탁구대를 쓸 차례가 돌아오기를 기다리는 사람들이 둘러앉아 있곤 했다. 돌판 주위에는 모양과 크기가 제각각인 의자가 몇 개 놓여 있었는데, 양양은 돌판 위에 앉아 있었다. 막 자리를 잡은 아침 햇살이 주위를 부드럽게 휘감고 있어 양양은 무대 위에서 스포트라이트를 받고 있는 것처럼 보였고, 그 장면은 연극이 막 시작되려는 찰나 같았다. 내 방이 있던 이층 테라스에서는 양양의 뒷모습만 보였는데 아무렇게나 질끈 묶은 말총머리 위로 담배 연기가 맛있게 피어오르고 있었다. 그 장면을 목격한 순간 나는 멈칫했다. 양양 때문은 아니고, 그 아침의 찬란 때문이었다.

파차마마에 머무는 동안 그 시각에 깨어 있는 사람을 본 것은 처음이었다. 밤늦게까지 술을 마시고 탁구를 치던 여행자들은 아침에는 대체로 게을렀다. 하루가 멀다 하고 여행자들이 들고나는 곳이라 사람들은 매일 바뀌었지만 누가 오든 파차마마의 일상은 별로 달라질 게 없었다. 파차마마까지 오면서 겪었던 재미와 낭패들, 뻔한 모험담과 과장된 웃음, 불행해 본 적도 없으면서 행복하려고 안달인 철부지 여행자들로 북적댔다. 나는 그들과 어울리고 싶지 않아서 마음이 노곤해진 여행자들이 부쩍 친밀해지는 저녁에는 공용 주방이나 마당에는 얼씬하지 않았고, 모두가 잠든 새벽에만 살며시 내려가 까페꼰레체를 만들어 내 방으로 돌아오곤 했다.

— 안녕하세요!

한 치의 망설임 없는 한국말이었다. 한국인이 아닐지도 모른다는 조심성이라든가 낯선 곳에서 처음 보는 사람에 대한 의심이라든가 호기심 따위는 전혀 묻어 있지 않았다. 한국 사람이라면 으레 몸에 뱄을 연장자에 대한 존중심 같은 것도 느껴지지 않았다.

— 아, 네……

계단에서 살금살금 내려와 주방으로 향하던 나는 그제야 봤다는 듯 소리 나는 쪽으로 돌아보았다. 햇살이 양양을 정면으로 비춰 이번에도 얼굴이 제대로 보이지 않았다. 양양은 깊이 들이마셨던 담배를 청량한 아침 마당에 몽실몽실한 구름으로 뱉으며 고개를 까딱했다. 못 본 척 지나치려던 후배를 발견하고 먼저 말을 건네 기어이 인사를 받아내고야 마는 동갑내기 선배처럼 얄미운 태도였다.

— 커피 한 잔 해요.

'할래요?'도 아니고 '해요!' 간결했다. 내가 뭐라고 대답도 하기 전에 내 두 발은 내 허락도 없이 어느새 양양에게로 향하고 있었다. 사람이 그리웠던 것도 아닌데 그때 왜 그랬는지 지금도 설명할 수 없다. 다만 알아본다는 게 그런 것이었을까, 가끔 생각한다.

— 언제 왔어요?

깊이 들이마신 담배 연기로 이번에는 허공에 도넛

을 만들어 내며 양양이 물었다. 나는 담배를 피우지 않지만 담배를 맛깔스럽게 피우는 사람을 보는 걸 좋아하는데, 그날 아침 양양이 그랬다. 나는 그 모습을 기꺼이 바라보았으며, 머잖아 담배를 피우지 않을 때의 양양을 바라보는 것도 좋아하게 되었다. 그로부터 한참 뒤 추억마저 유통기한이 지나버릴 만큼 시간이 훌쩍 흐른 뒤에도 비가 오지 않던 파차마마와 그곳에서 담배를 피우던 양양을 떠올리면 마음이 뽀송뽀송해지곤 했다.

— 여기…… 파차마마요? 파차마마에 온 건 2주, 여기 파차마마로 옮긴 건 열흘쯤 됐나 그래요.

'파차마마'라는 동네의, 엄밀히 말하자면 파차마마 시(市)에 있는 게스트하우스 <파차마마>에 묵는 사람들끼리 말하는 방식이었다. 파차마마라는 이름 외에는 아무런 정보 없이 덜컥 이곳으로 왔던 나는 공항 직원이 소개해 준 호텔에서 사나흘을 머물면서 게스트하우스에 자리가 나기를 기다렸다가 옮긴 것이었다.

— 으음, 그렇구나. 나는 오늘 새벽 다섯 시에 떨어졌어요. 한잠도 못 잤어.

초면에 슬쩍 말을 놓는 사람들을 만나면 둘 중 하나다. 내용과 상관없이 기분 나쁘거나 친근하게 느껴지거나. 양양은 어느 쪽인가 하면 거리를 좁히며 성큼 다가앉는 듯한 반말이었다.

— 어디서 왔는데요?

이 질문은 보통 두 가지 의미로 통했다. 어느 나라 출신인지를 묻거나 어느 장소에서 이동해 온 건지 물리적 출발지를 묻는 것이었다. 어디서 왔던, 어디에서 오던 길이건 간에 궁금해서 묻는다기보다 여행자들의 습관적인 인사 같은 것이다. 말하자면 '식사 하셨어요?'와 비슷하다.

그때 조그만, 키와 몸과 얼굴과 밖으로 드러난 모든 것이 조그마한 아이 하나가 커피를 들고 명랑하게 다가오며 양양을 불렀다.

— 언니, 커피요.

— 고마워. 미안하지만 커피 한 잔 더 가져와야겠다.

— 넵! 안녕하세요?

양양과 나를 동시에 보며 대답과 인사를 한꺼번에 던진 조그만 아이는 내가 뭐라고 말할 새도 없이 커피 두 잔을 돌 테이블 위에 내려놓고 쪼르르 부엌으로 되돌아갔다. 뒷모습이 경쾌했다.

— 아, 우리 소금사막에서 만나서 거기서부터 같이 왔어요. 대학생이래. 얼라지 뭐.

양양은 새 담배에 불을 붙이며 말했다. 양양에게서는 가끔 지역을 특정할 수 없는 사투리가 생생하게 튀어나왔는데, 그럴 때면 물 위로 싱싱하게 뛰어오르는 물고기가 떠올랐다. 그날 아침 우리는, 그러니까 양양과 대학생 '얼라'와 나, 세 사람은 파차마마 마당으로 쏟아지는 아침 햇살을 독점한 채 오랜만에 모국어를 방생하였다. 그 아침에 마신 믹스커피는 유난히 달달했다.

사람들이 하나둘 방에서 나오기 시작할 때는 정오가 막 지나고 있었다. 파차마마의 하루는 그제야 시작된다. 나는 점심을 먹으러 나가겠다며 일어섰고, 양양과 대학생은 씻고 자야겠다며 각자의 방으로 들어갔다.

그때까지만 해도 오며가며 스치고 지나는 길 위의 인연일 뿐이라고 여겼기 때문에 파차마마를 나서는 순간 더는 양양을 생각하지 않았다. 다만 북적거리는 기운을 느끼기 위해 일부러 시장통으로 에둘러 가던 여느 때와 달리 곧장 중앙광장을 가로질러 브런치 카페로 갔다. 평소에는 온순한 사람들이 만들어 내는 시끌벅적한 시장의 소란을 구경하면서 에너지를 얻곤 했지만 그날은 하루치의 활기가 충전되어 있었다. 그날 필요한 양분을 이미 양양에게서 받았기 때문이었다는 걸 그때는 몰랐다.

늘 가던 비건 카페는 평소처럼 외국인 여행자들로 가득했다. 대부분 홀로 앉아서 책을 뒤적거리거나 스마트폰을 보거나 또 바깥을 내다보며 순간을 즐기는 척하고 있었지만 사실은 인상적인 여행을 만들

어 줄 우연한 만남을 기다리고 있었다. 나도 그곳에
서 그랬다.

오후는 어떻게 보냈는지 기억나지 않는다. 그날뿐
아니라 파차마마의 날들을 떠올리면 양양과 함께하
지 않은 날들의 오후는 전혀 기억나지 않는다. 거의
매일, 날은 뜨거웠다. 그래서 광장 주변에 모여 있는
카페들, 외국인 여행자를 겨냥한 유럽식 카페에 들어
가 즉석에서 만들어 주는 생과일 주스나 이국의 과일
을 잔뜩 얹은 요거트를 먹으며 한낮이 사그라들길 기
다리곤 했다. 주말에는 <빠라띠>에 가서 초코아이스
크림을 먹었다. 그게 전부였다. 읽을거리도 없었고 유
심을 꽂지 않은 스마트폰은 와이파이가 없는 곳에서
는 무용지물이었다.

나만 그런 게 아니었다. 파차마마에는 딱히 할 만
한 것도, 구경거리도 없었다. 약 500년 전 식민 시대
본국의 양식을 그대로 본떠 건설된 도시는 두 번 다
시는 외부의 침투를 허용하지 않겠다는 듯 16세기 당
시의 모습을 꼿꼿이 간직하고 있었는데 바로 그런 점

이 장기 여행자들을 유혹했다. 아무것도 할 게 없어서 아무것도 하지 않아도 좋은 곳, 그러면서도 이국의 정취가 그득해서 여행자의 이방인 기분을 유지시켜 주는 곳이었다. 바람을 먹고 이슬을 맞고 잠을 자야 여행으로 여기던 낭만적 고생의 시대는 전설이 되어 버렸지만 피로와 긴장은 여전히 여행의 일부라서 나그네들이 여독을 달래고 재충전을 할 중간 캠프는 필요했다.

그런 곳은 대체로 세계 일주 족보에 나오는 필수 경로를 크게 이탈하지 않으면서 물가가 저렴하고 기후가 온화한 곳이어야 했다. 이미 남반구를 휘돌아 북반구로 향하던 양양의 말에 따르면 대륙마다 또는 나라마다 그런 곳이 한 군데씩 있다고 했다.

남반구에서 북반구로 육지 이동을 하는 길목에는 파차마마가 있었다. 무거운 배낭을 내려놓은 지친 여행자들은 그곳에서 나고 자란 사람들을 닮아가며 유유자적해졌다. 해발고도 2800미터 높이에 있는 파차마마에서는 누구든지 천천히 걸을 수밖에 없었다. 한 걸음 더 나아가기 위해 두 걸음은 쉬어야 하는 곳, 도

둑들도 뛰지 않는 곳이었다. 파차마마에는 그래서 양양처럼 세계 일주를 하다가 휴식을 하러 모여든 여행자들이 많았다. 대지의 모신이라는 뜻의 파차마마라는 이름에서 푸근한 안식을 기대했는지도 몰랐다.

나는 그런 것들은 하나도 모른 채 파차마마에 갔다. 내가 떠난 이유는 일종의 도피였기 때문에 아무도 모르는 곳, 어쩌다 알아낸다 해도 도저히 찾아올 수 없는 먼 곳이라는 게 중요했다.

종무식에서 20년 근속상을 받게 될 유일한 직원, 게다가 여직원으로는 처음이라는 사실이 연말 화제가 됐던 그해, 회사를 그만두고 나왔다. 표면적으로는 내 발로 걸어 나온 것이었으나 실상은 그렇지 않았다. 백번 양보해서 자의 반 타의 반이라는 포장하기 좋은 말을 골라봤지만 맞춤하지 않았다. 누구라도 대학을 졸업하자마자 첫발을 내디딘 곳에서 그렇게 퇴장하고 싶지는 않았을 것이다.

그럴수록 오히려 태연한 척 굴고 싶었다. 마지못해 나가는 속내를 들키는 건 나를 더 초라하게 만들

뿐이라고 여겼다. 마음을 단단히 먹었다. 다시 한번 생각해 보라는 말을 듣더라도 예의상 하는 말인 걸 명심하자, 호기롭게 던지려던 사표를 못 이기는 척 되집어 넣는 모양새 빠지는 꼴은 보이지 말자, 전화위복이라든지 터닝포인트라든지 이런 상황에서 체면을 세워 줄 낱말카드는 많다. 그러니 속내를 들키지 말 것, 흔들리지 말 것.

밤새 연습했던 표정과 대사는 하나도 써먹을 수 없었다. 상사가 사표를 바로 처리하지 않고 서랍 속에 간직해 두었다가 결정적인 순간에 주인공을 구제하는 것은 드라마에서나 흔한 일이었다. 사표 수리는 간단했다. 마치 내일 뵙겠습니다,라는 퇴근 인사를 들은 것처럼 무덤덤한 반응에 나는 그만 예정에 없던 말을 뱉고 말았다.

— 여행, 하려구요. 파차마마로 가요.

왜 하필 파차마마가 툭 튀어나왔냐고 묻는다면 마당 때문이었다고 말할 수밖에. 언젠가 인터넷에서 우연히 본 사진 한 장이 내 속에 저장돼 있었던 모양이었다.

　사진은 평범했다. 이름 모를 화초들로 둘러싸인 자그마한 테이블 위에 커피 한 잔이 덩그마니 놓여 있는 게 다였다. 오후의 한때를 무심히 포착한 것처럼 보이려 공들인 흔적이 역력했다. 너무 자연스럽고자 애쓴 나머지 잡지나 엽서에 실린 사진처럼 비현실적이었다. 보여주기 위한 연출 사진, 당시에는 아직 생겨나지도 않았던 인스타용 감성 사진이었다. 글이라고는 사진 밑에 작게 쓴 '파차마마에서'가 전부였다. 잔뜩 멋부렸으면서도 아닌 척 시치미를 떼는 게 유치하다고 생각하며 스크롤을 내리려는데 화초들 사이로 언뜻 비치는 마당이 눈길을 사로잡았다. 사진을 아무리 확대해 봐도 해상도가 낮아 더이상 알아볼 만한 단서는 없었다. 결코 가 본 적 없는 곳이 분명한데도 이상하게도 아는 곳 같았다. 적어도 언젠가는 알게 될 곳이라는 걸 직감했다.

　그리고 나는 파차마마에 있었다. 장기 여행자들 틈에 끼어 생활 여행자 또는 여행 생활자가 되어 있었다. 마당 쪽으로 나 있는 작은 테라스에 앉아 언젠가 사진 속에서 보았던 파차마마의 마당과 거기에 쏟아지는 햇볕을 구경하노라면 너무 평온해서 비현실적 풍경처럼 보였다.

숙소 밖으로 나가봤자 군데군데 회칠이 떨어져 나간 낡은 집들이 뜨거운 햇빛을 받아 설탕처럼 반짝거리는 것을 지겹도록 쳐다보는 것 외에는 새로운 것도 없었고 흥밋거리도 없었다. 그저 하루하루 흘러갈 뿐이었다. 고요한 새벽마다 파차마마 주방으로 고양이처럼 기어들어 엉터리로 만들어 먹던 까페꼰레체, 사람들이 일어날 즈음이면 도망치듯 나와서 밥을 먹으러 가던 중앙광장의 비건 카페, 오후에는 하릴없이 디저트를 먹으러 돌아다니던 카페 투어. 그뿐이었다. 계산기 한번 두드려 보지 않고 덜렁 전셋집을 빼 무작정 짐을 싸서 갈 수 있는 가장 먼 곳으로 달아났지만 그곳에서도 떠나온 곳과 다를 바 없이 하루하루를 죽이고 있었다.

때로는 빨리 돈이 바닥나서 어쩔 수 없이 돌아갈 수밖에 없기를 바랐다가 다음날은 어떡하든지 경비를 아껴서 오래오래 버티기를 바라는 변덕스러운 날들이었다. 모든 것은 파차마마의 날씨처럼 오늘이 어제 같고, 내일도 오늘 같을 터였다. 파란 하늘, 쾌청한 공기, 눈부시도록 오래되고 낡은 성당, 빵 굽는 냄새로 문을 여는 시장의 싸고 싱싱한 과일들, '안녕'과 '고마워'라는 말밖에 할 줄 몰라 미워할 일도 싸울 일도 없는 낯선 사람들……. 그러나 시간의 수레바퀴 안에 갇혀 끝없이 맴도는 형벌이라는 점에서는 마찬가지일 뿐이었다. 양양을 만나기 전까지는 그랬다.

　양양은 달뜬 여행자들처럼 매사에 호들갑스럽지 않았고, 뻔하지 않았다. 방학을 이용해서 한두 달씩 하는 유럽 배낭여행의 유행이 숙지고, 대신 덜 알려진 곳, 더 먼 곳, 더욱 외진 곳, 한국 사람 적은 곳을 찾아 나서는 여행이 뜨던 무렵이었다. 그러나 남들이 오지 않는 곳을 찾아 그 멀리까지 와서도 교과서 진도를 따르듯 코스를 밟는 '자유' 여행자들이 많았다. 파워블로그의 자취를 따라다니기 급급했다. 가라는 곳에 가고, 자라는 곳에서 자고, 봐야 한다는 것을 보고, 먹어야 한다는 것을 빼먹지 않으려 아등바등하는 천편일률적인 여행이 자유여행이라는 이름으로 틀을 잡아가고 있었다.

양양이 온 다음에야 파차마마에 죽치고 있던 생활 여행자 또는 여행 생활자들은 파차마마의 맛을 제대로 알게 됐다. 매일 시장을 오가면서도 한손에 잡히지 않을 만큼 크고 울퉁불퉁해 차마 먹어볼 엄두도 나지 않던 치리모야를 양양은 다부지게 잘라 어미 새처럼 우리 입에 넣어 주었다. 참치만 튜나tuna가 아니라 튜나라는 과일이 있다는 것도 양양이 알려줬다. 그곳에서만 나지만 북미와 유럽의 부자 나라로 수출하는 효자 곡물이라 정작 그 땅의 사람들은 맛도 못 본다는 퀴노아에 반한 것도 양양 덕분이었다. 한국의 매운맛에 필적할 만한 현지의 매운맛집도 양양이 알아냈다. 나보다 2주쯤 늦게 도착했음에도 마치 고향에 돌아온 사람처럼 양양은 파차마마를 잘 알았다. 세계 일주라는 분명한 목표가 있어 일정과 예산을 빈틈없이 꼼꼼하게 준비해 왔기 때문만은 아니었다. 양양에게는 여행의 달인이랄까, 어쩌면 삶의 달인 같은 면모가 있었다.

그 무렵 우리는 거의 매일 점심과 저녁을 함께 먹었는데, 점심은 <론리플래닛>에 소개된 맛집을 찾아다니거나 현지인 맛집을 발굴하러 다녔고 저녁에는 집-그랬다. 파차마마는 여행자들의 집이었고, 양양과 나의 우리집이었다-으로 돌아와서 양양이 만든 저녁을 함께 먹었다. 북적대는 공용 부엌에 가는 것을 꺼리던 나는 늘 있던 붙박이장인 양 부엌 한구석을 차지하고 있었다. 양양은 영어도 현지어도 잘 못했지만 게스트하우스의 공용 주방에서 만나는 낯선 얼굴과 낯선 언어를 반기며 분위기를 주도했다. 거기서 음식을 함께 먹는 동안은 말이 통하지 않아도 우리라는 결속감을 느낄 수 있었고, 양양이 있는 한 거의 매일 즉흥적인 파티와 티타임이 이어졌다. 생존 요리에 불과한 정체불명의 음식들 틈에서 양양은 '한식'이라고 어엿이 이름 붙여도 될 만한 것들을 뚝딱뚝딱 차려냈다. 양양이 솜씨를 발휘하는 날이면 지구촌 곳곳에서 모여든 배고픈 영혼들은 앞다퉈 음식 사진을 찍기에 바빴다. 공용 주방, 그 세계에서 사람들은 양양을 여행자들의 파차마마로 여기는 듯했다.

딱히 할 게 없던 동네라 파차마마 마당에 있던 탁구대는 빌 틈이 없었다. 주방에서는 콩 한 쪽도 나눠 먹던 여행자들은 탁구대 앞에만 서면 애국심으로 불타올랐다. 양양은 탁구에서도 챔피언급이었다. 양양이 오기 전에는 남자들의 전유물이었던 탁구대에서 어떤 남자도 양양을 이기지 못했고, 소문을 듣고는 짐을 풀기도 전에 도전장부터 내미는 호기로운 사람들도 있었으나 양양을 이긴 사람은 아무도 없었다. 양양과 대결이 붙는 날은 파차마마의 거의 모든 사람들이 나와서 구경했고, 모두 양양을 응원했다.

그때 그곳에서 양양을 만난 사람이라면 그런 것들, 요리나 탁구로 양양을 기억하겠지만 나는 파차마마에서 양양과 둘이서 보냈던 마지막 일주일이 선명하다. 함께 밥을 먹고 탁구를 치던 이들이 모두 떠나고 새로운 얼굴들이 탁구대를 차지할 때까지 양양과 나는 파차마마에 머물렀다. 우리는 파차마마에서 가장 오래된 여행자가 되었다. 파차마마에 얼마나 있을지 기한을 정하지 않았다는 점과 그곳에서 만나는 대부분의 여행자들에 비하면 나이가 다소, 아마도 훌쩍 많았다는 게 우리의 공통점이었다. 둘 다 전세금을 탈탈 털어서 왔다는 것도 털어놓는 사이가 됐지만 양양은 세계 일주를 완주하고 나면 돌아가겠다는 분명한 목표가 있었고, 나는 절대 돌아가지 않겠다는 막연한 각오만 있을 뿐 삶의 어떠한 목적도 목표도 없었다는 점에서 명백히 달랐다.

우리는 오후 내내 파차마마 구석구석과 파차마마보다 더 작은 근교를 돌아다닌 뒤 숙소에 돌아와 함께 노트를 쓰기 시작했다. 그날의 경험을 토대로 책이나 인터넷에서는 찾을 수 없었던 정보를 하나씩 적어 나갔다. <은평01>이라는 한글 팻말이 그대로 붙은, 공식적으로는 폐차된 마을버스를 타고 한 시간쯤 가면 한나절은 심심하지 않게 보낼 만한 버려진 고성이 있다거나 장총으로 무장한 군인들의 검문을 무사히 통과하려면 유창하거나 어설픈 영어는 쓰지 말고 현지어 한마디만, 이를테면 '구아뽀, 구아뽀'만 무한 반복 하라거나. 오래 머물면서 알게 된 문화적 차이들과 몰라도 생활하는 데 지장은 없지만 알면 유용한 것들을 적었고, 한국어로밖에 표현할 수 없는 풍미와 정취를 깨알같이 곁들였다. 표지에는 <인포르마시온 꼬레아나>라는 제목을 붙였다. 한국에서는 파차마마에 대한 정보가 드물기도 했고, 우리가 심심하기도 했기 때문에 아무리 사소한 것이라도 알게 된 것은 모두 빠짐없이 적었다. 단 하루만 빼고.

　그날은 이상한 날이었다. 어처구니없게도 길을 잃었다. 여느 때처럼 양양과 함께 종일 쏘다니다가 저녁장을 봐서 돌아가던 길이었다. 우리를 알아보는 난전에서 퀴노아를 샀고, 단골 채소 집에서 약간의 상추와 양파 한두 알, 그리고 망고, 살구, 뚬보, 구아바 같은 것들을 샀다. 다음날 아침을 위해 바게트도 하나 샀다. '파차마마에 오면 바게트를 꼭 먹을 것. 프랑스 파리에서 먹는 바게트 맛에 결코 뒤지지 않음'이라고 한국어 정보 노트에 적어 놓았을 만큼 우리는 파차마마의 바게트를 사랑했다.
　그즈음에 우리는 중앙시장을 비롯해 버스 터미널, 중앙광장 뒷골목 등 웬만한 곳에서는 눈을 감고도 집으로, 그러니까 파차마마로 찾아올 수 있을 만큼 익

숙해져 있었다. 낯선 골목을 만나도 길이 어디로 이어질지 알았고 짐작이 틀린 적은 한 번도 없었다. 손바닥만 한 동네에서 당연한 일이었겠지만 그 뿌듯함을 맛보려 일부러 매번 새로운 길로 다니려 했고 그것은 파차마마를 즐기는 작은 재미였다.

그날도 각자 한 손에는 장 보따리를 들고, 다른 한 손으로는 살구를 하나씩 베어 물며 가보지 않았던 길을 찾아 나섰다. 낮이 저녁으로 건너가기 직전이었다. 해는 어딘가에 숨은 채 오후의 느린 햇살을 길게 방사하고 있었다. 우리는 지는 해를 등지고 키가 훌쩍 커진 각자의 그림자를 따라 걸었다. 양양은 하루 중 그 순간만 되면, 떠나 있을 때는 돌아가고 싶고 머물고 있을 때는 어딘가로 떠나고 싶어진다고 말했다. 그때 우리는 떠나 있었던 걸까, 머물러 있었던 걸까? 알 수 없었다. 다만 걷기 좋은 오후였다.

우리를 앞선 그림자는 엷어진 햇살이 길게 드리워진 좁은 골목으로 들어섰다. 그때 어디선가 맑고 경건한 종소리가 들렸다. 누가 먼저랄 것도 없이 양양과 나는 소리가 나는 쪽으로 따라 들어갔다. 안으로 들어갈수록 종소리는 점점 더 선명하고 웅장해졌다. 입구에서는 막다른 길로 보이던 골목이 끝에 다다르자 좌우 양쪽으로 좁은 통로로 트여 있었다. 웬만한 성인은 몸을 옆으로 돌려 최대한 납작하게 만든 채 게걸음으로 걸어야 통과할 수 있을 정도로 좁은 틈이었다. 기웃거리다 양양이 먼저 들어갔다. 양쪽으로 나 있던 통로는 막다른 길로 보이게 했던 담장 뒤에서 만났는데, 그곳은 종소리의 진원지인 성당의 뒤뜰이었다. 우리는 자연스럽게 소리를 따라 성당 안까지 들어갔다.

크고 웅장한 음악으로 가득 차 있는 성당에서 결혼식이 열리고 있었다. 종소리라고 생각했던 것은 바로 파이프 오르간 소리였다. 우리가 들어갔을 때 제법 많은 사람들이 신랑신부를 둘러싸고 꽃잎을 마구 뿌려 대고 있었다. 결혼이 인생의 가장 큰 폭풍우의 진원지라는 걸 모른 채 그곳으로 막 정박하고 있던 신랑신부는 그 놀랍고 행복한 순간에 흠뻑 빠져 있었다. 평범하고도 진부한 장면이었지만 괜스레 벅찬 기분이 들어 우리는 진심으로 그들을 축복하며 힘껏 박수를 쳤다.

　그때 신랑신부가 우리를 발견했고 힘찬 손짓으로 우리를 불렀다. 그러자 하객들도 우리 쪽을 돌아보았고, 우리는 곧 신랑신부와 함께 사람들에게 둘러싸였다. 사람들은 우리에게도 꽃잎을 던지며 신랑신부와 함께 포즈를 취하게 하고 사진을 찍었다. 오르간은 묵직한 소리를 계속 내고 있었지만 연주자는 흥에 겨운 얼굴로 마치 왈츠를 연주하는 양 몸을 들썩였다. 얼마 후에는 혼주들까지 중앙으로 이끌려 나와 꽃잎 세례를 받았고, 나중에는 하객들끼리 서로 꽃잎을 던지며 한바탕 난장이 벌어졌다.

　춤의 궁극은 결국 같게 마련인지 어느새 모두가 한덩어리가 돼 커다란 원을 그리는 춤을 추고 있었다. 앞사람의 어깨에 손을 얹거나 허리를 안고 기차놀이를 하듯 성당 안을 몇 바퀴나 돌았다. 한참 돌다 보니 양양과 내가 맨 앞에서 무리를 이끌고 있었다. 우습고 신기하고 신나서 웃음과 춤을 멈출 수 없었다. 몇 바퀴나 돌았을까 모두가 기진맥진할 즈음 사람들은 피로연으로 이동했고, 거기까지 우리를 데려가려는 걸 겨우 뿌리치고 나왔다. 신랑이 기어이 따라 나와 파차마마의 특산품인 와인 한 병을 떠맡기다시피 손에 쥐여 주고는 사라졌다.

성당 밖으로 나오니 어느새 사위가 어둑어둑해져 있었다. 양양도 나도 춤의 여운과 흥분으로 가쁜 숨을 몰아쉬며 서로를 쳐다보며 웃기만 했다. 그때만 해도 길을 잃을 줄은 꿈에도 생각하지 못했다. 오르간 소리를 따라 들어갔던 뒤뜰이 아니라 성당 정문으로 나오긴 했지만 시장에서 그다지 많이 걸어오지 않았으므로 우리 동네라고 여겼다. 길을 잃기에는 너무 작고 빤한 동네였고, 이미 한 달째 그 언저리에 살고 있었다.

비슷비슷하게 생긴 골목으로 자꾸만 빠져들었고, 매번 다른 골목을 골라 봤지만 번번이 같은 자리로 되돌아왔다. 그동안 한 번도 가본 적이 없는 곳이었다. 스마트폰은 터지지 않았거나 방전됐고, 길을 물어보려 해도 사람이라고는 얼씬도 하지 않았다. 결혼식이 열리던 성당으로 다시 돌아가서 도움을 요청하려 했으나 성당마저 찾을 수 없었다.

해가 질 때는 그렇게 늑장을 부리더니 한번 낙하하기 시작하자 저녁은 금세 밤으로 떨어졌다. 밤의 집들은 모두 문을 꼭꼭 닫고 침묵으로 방관하였다. 담장 위를 기웃거리거나 큰소리로 외쳐 봤지만 인기척조차 들리지 않았다. 어둠은 점점 더 짙어졌고 길을 잃은 게 확실해 보였다. 그러자 갑자기 적막감이 어둠보다 더 무겁고 빠른 속도로 포위해 왔다.

고양이 한 마리라도 나왔으면 싶었을 그때, 거짓말처럼 사람이 나타났다. 집 앞 편의점에 나온 듯한 차림의 20대로 보이는 남자 하나가 양손에 불룩한 천 가방을 들고 흐느적흐느적 걸어오고 있었다. 어둠 속에서도 우리는 거의 동시에 서로를 알아보고 소리쳤다.

— 어! 한국 분, 맞으시죠?

— 어! 한국 사람, 맞죠?

— 네! 세상에, 이런 곳에서 한국 사람을 만나다니! 우리가 길을 잃었거든요.

— 아, 그래요? 지금 많이 바쁘세요?

— 네? 딱히 바쁜 건 없지만. 우리가 길을…….

— 하하, 그렇죠? 파차마마에서 바쁠 일이 뭐가 있
겠어요.

필요한 순간에 구세주처럼 등장한 남자는 다소 엉
뚱했지만 따지고 자시고 할 것도 없이 그런 곳에서
말이 통하는 사람을 만났다는 사실이 실감나지 않게
반가울 뿐이었다. 남자는 우리의 상황은 아랑곳없이
말을 이었다.

— 바쁘지 않다면 이것도 인연인데 같이 가서 밥
먹어요. 파차마마에서, 그것도 중앙광장도 아니고
이런 골목에서 한국 사람을 만난다는 게 보통 인
연이 아니잖아요? 같이 가요. 진짜 집밥이에요. 김
치도 있고요. 지금 사람들 다 모여 있어요.

— 네?

— 파차마마에 있는 한국 사람들 거의 다 있어요.

김치와 밥의 유혹에 넘어간 게 아니었다. 그 상황

에서 만난 한국 사람이 밥과 김치보다 반갑기도 했고, 무엇보다 그날은 이상한 날이었기 때문이었다. 구세주 청년을 따라 현지인들이 살 법한 집 대문에 들어서자 왁자한 웃음소리와 한국말이 들렸다. 안으로 들어가니 여남은 명 정도의 한국 사람들이 방바닥에 둘러앉아 먹고 마시는 중이었다. 파차마마에서 그렇게 많은 한국인을 한꺼번에 본 것은 그때가 유일했다.

누군가가 좌중을 휘어잡았는지 한바탕 웃고 있던 사람들은 우리를 보고도 웃음을 멈출 줄 몰랐고 대신 조금씩 엉덩이를 들썩여 우리가 앉을 수 있게 자리를 내주었다. 어떻게 왔냐고 아무도 묻지 않았고, 우리를 데려간 구세주 청년도 아무런 설명을 하지 않았다. 원래부터 오기로 돼 있던 사람들이 조금 늦게 도착했을 때처럼 모든 것이 자연스러웠다.

모여 있던 사람들은 대부분 또래로 보였다. 많아 봐야 서른 남짓 됐을까? 사제복 때문에 가장 눈길을 끌던 신부님의 나이도 크게 더 많아 보이지는 않았다. 기분 좋은 취기에 젖어 있던 신부님은 용기를 내

수줍음을 떨치려 애쓰는 사춘기 소년 같은 웃음을 자주 보였다. 자신보다 어린 양들에 둘러싸여 차마 성직자의 권위를 벗어 버릴 수 없었던 신부님은 무리에 비해 훨씬 나이가 많은 우리를 보자 마치 넥타이를 풀고 정장 구두를 벗을 때처럼 해방감을 느끼는 것 같았다.

들고 있던 장바구니와 결혼식장에서 받은 와인을 내밀며 우리도 태연하게 합류했다. 밥과 김치찌개, 김, 소주 따위가 계속 나왔다. 밤이 깊어질수록 모두가 점점 더 소주에, 이야기에, 서로에게 취하고 있었다. 얼마나 마셨을까, 사람들이 하나둘 자리를 뜨더니 신부님과 우리를 데려왔던 청년, 그리고 양양과 나, 이렇게 네 사람만 남게 되었다. 구세주 청년은 술이 취하기 전과 마찬가지로 흐느적거리며 들락거렸고, 신부님과 양양은 앉은자리에서 꼼짝도 하지 않은 채 술잔과 이야기를 주고받았다. 두 사람은 술이 아니라 곡차를 마시는 것 마냥 자세는 반듯했고 눈빛은 또렷했다. 술이 약해 꾸벅꾸벅 졸던 내 눈에 둘은 죽이 잘 맞았고 누구보다도 그곳에 어울렸다. 순간, 한 달쯤

전에 파차마마 마당에서 내가 양양을 첫눈에 알아보았던 것처럼 신부님도 양양을 알아보고 있다는 걸 알 수 있었다. 불현듯 술이 확 깨고 잠이 달아났다. 나는 벌떡 일어서서 화장실을 가는 척하고 나왔다. 아까는 그렇게 헤맸던 길을 단번에 빠져나와 한달음에 파차마마에 도착했다. 양양 없이 혼자 숙소로 돌아간 것은 오랜만이었다.

밤새 뒤척이다 날이 밝자마자 커피를 만들러 내려갔다. 양양의 창문은 닫혀 있었다. 아침잠이 많던 양양에게는 종종 있는 일이었다. 양양이 묵던 101호에는 한쪽에 커다란 창이 있어 아침엔 햇살이, 밤엔 별빛이 그대로 쏟아지는 파차마마의 마당이 한눈에 들어왔다. 창 아래에 길쭉하게 붙어 있는 헤드 없는 침대와 머리맡에 42리터짜리 배낭이 놓여 있는 구석자리, 그곳이 양양의 공간이었다. 165센티미터, 55킬로그램의 여자가 지구를 반 바퀴 돌아와 유일하게 다리를 뻗을 수 있는 안식처였다.

양양은 눈을 뜨면 침대에 앉은 채 긴 다리를 창틀 너머로 내놓고 담배를 피우곤 했다. 실내에서는 금연이었지만 다리는 창 밖으로 나와 있었고 연기도 마당으로 내뿜었기 때문에 꼭 실내 흡연이라고는 할 수 없다고 주장하는 듯한 자세였다. 양양이 거기서 담배를 피워도 나무라는 사람은 아무도 없었다. 나는 101호 창 아래에 딸린 테라스의 닳고 더러운 안락의자에 비스듬히 앉아 양양이 담배 피우는 모습을 물끄러미 바라보거나 양양이 일어날 때까지 하릴없이 앉아 있곤 했다.

그날은 아무리 기다려도 기척이 없었다. 점심때가 다 돼서야 양양과 함께 방을 쓰던 프랑스 남자가 나오다가 나를 보더니 양양은 없다고, 새벽 일찍 갔다고 말했다. 그때 왜 나는, 갔다는 말을 나갔다로 들었을까? 프랑스 남자의 서툰 영어 탓이었을까? 종일토록 기다리다 밤이 돼서야 프랑스 남자가 한 말을 제대로 이해했다. 양양은 파차마마를 떠났다.

파차마마의 기억은 거기서 툭 끊어진다. 그날 이후에도 나는 한동안 파차마마에 머물렀지만 양양이 오기 전처럼 지루한 날들이 되풀이됐다.

돌이켜보면 파차마마에서의 날들은 반쯤은 꿈결 같고 반쯤은 읽다 만 소설 같다. 그래서 그 이야기가 어떻게 끝이 났는지 알 수 없다. 눈을 감으면 계속 이어질 꿈 같기도 하고, 꿈이기 때문에 전혀 다른 이야기가 시작될 것도 같다.

말 한마디 없이 양양이 사라진 것을 이해하려 애쓸 때도 있었지만 지금은 아니다. 이해할 수 없는 일도 있다는 것을 알기 때문이다. 이해하지 않아도 되는 일이다.

** 타임머신은 있다. 쓰는 동안 십여 년 전의 과거로 들락거렸다. 보고 싶은 사람을 만났고, 잊고 있던 거리를 돌아다녔다. 타임머신이 필요하다면 동네 작은 서점에 들러 보라. 다양한 사양이 구비돼 있다. 단, 연료는 직접 때야 한다.

보태기와 덜기

안정화

보태기와 덜기

여전히 남아 있는 상처

— 전…… 엄마가 저를 버렸다고 생각해요.
거리에 유기했다, 이런 뜻이 아니라 엄마 마음속
에서 '버려야 한다면 딸부터'라는 공식 안에서 저
를 살게 했거든요. 제 이름부터가 그래요.
— 이름에 사연이 있군요?
— 엄마가 저를 낳고 보니 딸이라 '위로 전처가 낳
은 아들이 셋이나 있는데 나는 아들이 없으면 내
신세가 처량해지겠구나' 싶더래요. 기필코 아들을

낳아야겠다고 작정하고 저를 두고 작명가에게 '이
아이 동생은 사내아이를 보도록 이름을 지어달라'
고 했다네요.
— 허허허, 그래서 남동생이 태어나긴 했어요?
— 네, 그랬죠. 엄마 소원대로 잘난 남동생이 태어
났어요. 그 이름 덕분인지는 모르겠지만요. 그런
데, 제 이름이 정말 그런 의도라면 저 개명해야 하
는 거 아니에요?

　　상담을 마치고 병원문을 나서는 나의 마음은 어딘
가 불편했다. 울컥울컥 넘어오는 억울함을 처음에는
배설하듯 쏟아냈지만 어느 순간부터는 엄마의 뒷담
화를 하다 돌아서는 느낌이 들면서 결국은 '제 얼굴
에 침뱉기였나' 싶은 생각이 뱅뱅 맴돌았다. 상담을
마칠 때면 드는 이 복잡한 느낌은 한여름의 찜통 같
은 열기와 함께 지하철을 타고서야 가라앉았다.
　　연일 최고 기온을 갱신하는 올여름의 더위는 이러
다가 지구가 폭발할지도 모른다는 무서운 느낌마저
들 정도로 맹렬했다. 매스컴에서는 한술 더 떠, 묻지

마 살인이 계속해서 예고되며 한국 사회의 건강이 무너져 가고 있다고 떠들어대고 있었다.

집으로 돌아가는 길은 피곤함과 더위가 겹쳐 눅진함이 온몸에서 묻어 나올 정도로 퍼진 상태가 되었다. 지하철에서 내릴 때가 되어서야 정신을 차린 나는 장을 봐야 한다는 오늘의 수행과제에 맞닥뜨리면서 냉장고에 남은 식재료들이 뭐가 있는지 떠올렸다.

'아, 귀찮아……'

— 승우야, 먹고 싶은 거 있어? 뭐 사 갈까?

— 엄마, 오늘 복날이래. 치킨 먹자!

습관처럼 아들에게 전화를 걸었다가 오늘이 복날이라는 말에, 속으로 '아, 오늘은 치킨으로 대신해도 좀 덜 찔리겠네' 하고 한숨 돌렸다. 단골 치킨집에서 순살치킨을 사서 돌아가는 것으로 끼니와 설거지 모두를 대충 해결할 수 있겠다는 얄팍한 즐거움에 마음이 한결 가벼워졌다.

— 얘들아, 치킨 사 왔어. 나와 봐, 같이 먹자.

— 오~ 치킨이닷!

아이들이 커 가면서 가끔은 나도 내 삶의 여유를 느낄 때가 있다. 예를 들면 지금처럼 치킨을 둘러싸고 아이들과 웃으며 이야기를 나눌 수 있는 이 소박한 시간. 더 나이가 들면 이때를 가장 행복했던 시기라고 돌이켜보지 않을까 하며.

　　— 아, 엄마, 친구가 이번에 개명한대.

　　— 개명? 왜 갑자기?

　　— 너무 흔하고 뭐 사주팔자랑 이름이랑 안 맞는다나 뭐라나? 근데 걔가 개명한다니까 나도 하고 싶더라. 내 이름도 엄청 흔하잖아. 나, 우리 학교에만 같은 이름이 다섯 명이나 돼.

　　오늘 무슨 날인가? 개명이 쉬운 일도 아닌데. 상담실에서 운운했던 '개명'에 대한 이야기가 떠올라 갑자기 가슴이 서늘해졌다.

　　살아오면서 적었던 수많은 서명란의 내 이름이 사실은 '꿋꿋하게 주위를 다독이며 무탈하게 살라'는 의미가 아니라 잘난 남동생을 볼 수 있게 해달라는 엄마의 결연한 의지였다고 기억하는 게 맞는 걸까.

의사 선생님과의 대화 속에 떠오른 어린 시절의 기억
들은 어째서인지 희미해지지도 않고 겨울날의 매서
운 바람처럼 선명한 걸까. 행복했던 기억만 오래 남
으면 좋을 텐데 왜 머릿속에는 아픈 기억만 남아서
숨쉬기도 힘들게 만드는 걸까.

　유년기 시절, 처음 만나는 친구들에게 내 소개를
할 때면 나는 의도적으로 '오남매 중 외동딸'이라고
표현했다. 그러면 친구들은 대부분 부러움을 가득 담
아서 '어머, 사랑 많이 받았겠네.' 혹은 '좋겠다. 니네
오빠 잘생겼어?' 등의 내가 듣고 싶었던 말을 해주었
다. 친구들의 부러움과 질투 사이에서 잠시나마 진짜
부잣집 귀한 공주님이 되는 찰나의 행복을 느꼈던
것 같다. 실제로는 오빠들의 질투와 재혼 가정 속 공
평을 힘 겨루는 아슬아슬함 속에 멍든 어린 시절이
었지만.

　요즘도 사람들의 SNS를 보면 부러움보다는 역으
로 보여지는 사진의 뒷면에 어떤 반전이 있을까를 생
각하게 된다. 실제와 가상의 차이가 클수록 내 삶의
알맹이가 깎여 나가는 듯한 느낌도 커질 텐데 다들

어떻게 견뎌내는 걸까? 아직도 나만 유리 멘탈인 건지…….

착하지 마!

— 넌 어디 가서 '착하다'는 소리 듣지 말고 살아! 쓸데없이 착하지 말라고!

— 어허~ 오늘 우리 어머님께서 무슨 일이 있으셨기에 이리 또 화가 나셨나?

나는 신발을 벗고 막 들어서는 큰아이에게 다짜고짜 짜증을 부리며 속엣말을 뱉었다. 엄마와 다투었다는 동생의 푸념 섞인 전화가 또 나를 가시 돋게 한 탓이었다.

— 엄마가 맨날 하시는 말씀이 누나 니 착하다는 말이잖아. 며칠 전에도 병원 모시고 가는데 '니 누나는 내 하자는 대로 다 해줬는데……' 하시길래 '내는 누나처럼 안 착해서 그래 못한다. 엄마 입맛대로 우째 다 해드리노?' 하고 엄마한테 들이받았다.

동생은 좋은 의도로 한 말이겠지만, '착한 딸'로 살았던 내 인생이 너무 고달팠기에 동생 말을 편하게 받아들이기 힘들 때가 있다. 요즘의 나는 마흔다섯 살이 될 때까지 눈치를 보며 엄마 기분을 거스르지 않고 살려 노력했던 내가 한심하게까지 느껴질 지경인지라.

그런 만큼 나에겐 착한 딸 콤플렉스가 많다. 큰아이가 초등학교 3학년, 다섯 살 터울의 작은아이가 유치원에 다닐 무렵의 일이었다. 늦은 오후쯤 동생의 전화를 받았다.

— 누나야, 방금 119 구급대원한테서 전화가 왔는데 엄마가 넘어지셔서 골반을 다치셨단다. 지금 병원으로 오라고 해서 내 부산으로 출발한다. 니도 지금 바로 내려온나.

난데없는 엄마의 사고 소식에 깊이 생각할 겨를도 없이 다섯 살 작은아이의 돌봄을 열 살 큰아이에게 완전히 맡긴 채, 급히 비행기를 타고 엄마가 계신 부산으로 향했다. 지금 생각하면 엄마를 간호할 다른 방법도 있었을 텐데 싶지만, 그때 내게 더 급한 돌봄 대상은 어린 내 아이들이 아니라 엄마였나보다.

병원에서 골절된 엄마의 상황을 의사로부터 듣고 나서 동생은 '누나야, 난 간다. 내일 출근해야 해서 마지막 비행기 타고 올라가야 된다. 나중에 다시 전화할게'라는 말만 남기고는 사라졌다.

나는 일주일이라는 시간을 엄마의 병간호와 간병인 구하기에 매달린 후에야 서울로 올라올 수 있었다. 물론 밤에는 남편이 아이들을 챙겼지만 전쟁 같은 아침 시간에 열 살배기 아이가 동생을 유치원에 데려다 주고 또 데려와서 아빠가 올 시간까지 돌본다는 것은 결코 쉬운 일이 아니었을 것이다. 큰아이가 다섯 살 동생을 챙기는 막중한 임무를 해내고 자랑스레 나를 기다리고 있었기에 망정이지 혹여 아이들에게 무슨 일이라도 있었다면, 지난 일이지만 내가 정말 간 큰 행동을 했구나 싶고 아무 일 없었음에 백번, 천 번 감사했다.

그때는 엄마나 동생도 내가 엄마를 간호하는 것이 너무나 당연한 듯 행동했고, 나조차도 내 아이들의 상황에 대한 고려 없이 엄마를 간호할 사람은 나밖에 없다고 생각했으니 그 또한 놀라운 일이다.

그 나이가 되었어도 나는 여전히 엄마의 사랑과 인정을 갈구하는 미숙한 존재였나 보다. 어른이 되지 못한 채, 열 살 꼬맹이처럼 '내가 이렇게 착하게 행동하면 엄마가 칭찬해 주겠지?'라는 마음으로 살고 있었던 거다. 내가 없는 동안 동생을 돌보며 일주일이나 애타게 내 칭찬을 기다리고 있던 큰아이의 얼굴에 내 얼굴이 겹쳤다. 갑자기 뜨끈해졌던 마음이 아직도 생생하다.

마음 공부를 하기 시작하면서 이 에피소드는 오랜 기간 풀어야 할 숙제가 되었다.

'이 세상에 당연한 것은 없어……'

― 엄마, 오늘 나한테 왜 이러셔? 큰아들 오늘 더 스트레스 받았다간 아동학대로 신고할 판이여!

계속 터져 나오는 내 불만을 찬물 한 컵으로 막은 큰아이는 방으로 사라졌다.

― 작은아들! 형이 안 들어줘! 엄마 말 좀 들어봐!

— 딸깍!!!

저 방문 잠그는 차가운 소리라니! 나는 여전히 애정에 목마른 오십 대인가…….

죽은 왕녀를 위한 파반느

엄마가 집을 나갔다.

모양상으로는 필요한 살림도구를 챙겨 나간 것이지만 엄마는 아버지가 안 계신 틈에 홀로 이사를 감행하고 결혼에 종지부를 찍었다.

박민규의 <죽은 왕녀를 위한 파반느>를 읽고 있으면 이상하게도 나는 '그녀'에 엄마를 자꾸 대입해서 생각하게 된다. 소설 속의 그녀는 처음 만나는 누구든 '헉!' 할 정도로 못생겼다고 묘사되어 있다. 반면 그녀의 남자 친구는 주위 여자들의 시선을 온통 끌어당길 정도로 미남이라는 설정인데 우리 부모님이 딱 그런 모습이었다.

엄마는 서른넷이 되도록 조카와 올케의 생계를 책임지느라 결혼하지 못했다고 하셨지만 한 섞인 엄마의 이야기를 종합해보면 엄마의 외모 콤플렉스가 만혼의 원인이 아니었을까 싶다.

엄마의 눈은 유달리 작고 찢어진 모양이다. 거기에 낮은 코와 들린 콧구멍이 더해져 웃어도 예쁘다는 느낌을 받기 힘들다. 어른들은 그런 엄마를 보고 '아이구, 우리 순이 저래 못생겨서 어디다 시집 보내노? 큰일이다. 어미, 애비도 없는데'라며 걱정하셨다고 한다.

엄마는 항상 '나는 박색이라 세상 사는 게 이리 힘들다'시며 나에게 '니는 내보다 훨씬 나아서 부럽다'고 시샘 아닌 시샘을 하셨는데, 웃기게도 남편이나 아이들은 엄마와 내가 똑같이 닮았다고 한다. 엄마는 여전히 내가 엄마를 똑 닮았다는 사실을 인정하지 않고, 나의 웃는 모습이 아버지와 판박이라 주장하신다.

이런 엄마와 달리 아버지는 동네에서 인물 좋기로 소문난 바람둥이셨다. 멀리서도 얼굴 윤곽이 뚜렷하게 보일 정도의 턱선에 짙은 눈썹, 날선 코, 뚜렷한 입술이 제대로 조화를 이룬 아버지의 얼굴은 누구나 가질 수 있는 유전자는 아니었다. 이런 아버지의 인물에 끼가 더해져 없는 살림에 아들 삼형제가 딸린 처지임에도 불구하고 처녀였던 엄마와 결혼할 수 있었던 건지 모르겠다.

소설 속의 주인공들은 그런 상반된 외모에도 불구하고 인생의 사랑을 했지만, 현실 속의 부부란 소설처럼 풀리진 않는 법이다. 엄마의 자격지심과 아버지의 바람기 사이에서 집은 늘 시끄러웠다. 엄마는 원하는 만큼 사랑해 주지 않는 아버지를 항상 미워하면서도 아버지의 밥상이나 의복은 가장 정갈하고 비싼 것으로 장만했다.

미워하는 것으로 마음이 편해졌으면 좋으련만, 현실은 엄마의 모든 순간이 아버지를 향한 미움으로 가득 차 버린 것 같았다. 상처받은 엄마의 자존심과 사랑받고 싶은 욕구는 분노가 되어 거꾸로 아버지를 엄마로부터 더 멀리 떼어놓았다.

어렸을 적 세상에서 제일 이해 안 되는 사람이 엄마였다. 아버지의 내연녀를 찾아가서 뒤집어엎고, 아버지한테 맞아가며 바락바락 대드는 엄마를 보면 남편이란 존재가 그렇게도 큰 의미인가 싶었다.

'남편 없이도 얼마든지 잘 살 수 있지 않나? 남편이 뭐라고? 그까짓것!'

남편에게 사랑받지 못하는 아내라는 이유로 어린 자식들에게 갖은 스트레스를 다 푸는 엄마를 어리석다고 생각한 적도 많았다.

'내가 크면 엄마가 더 후회하도록 만들어 줄 거야. 난 엄마를 못 본 체하고 살 거거든!'

시간이 지나 나도 결혼을 하게 되면서 여자에게 남편이라는 존재가 갖는 의미가 무엇인지 깨닫게 되었다. 내게 필요한 에로스를 채워줄 수 있는 합법적인 단 한 명의 존재, 나를 바닥에서부터 전적으로 이해해 줄 수 있을 거라고 믿은 사람……. 우습게도 엄마를 그렇게 조소했던 나 역시 남편이라는 존재에서 벗어나 완전히 독립적으로 살기는 힘들었다.

남편에게 대접받지 못한 엄마의 삶이 얼마나 어려웠을지 인정해야 했다. 아내와 엄마의 삶이 완벽하게 구분되는 것이 아님도 알게 되었다.

'아버지에게 어머니는 어떤 존재였을까? 여자가

아닌 그저 집사람이기만을 원하셨던 걸까.'

부모님은 우리 형제가 모두 결혼해 독립하면서 엄마의 결단으로 이혼하셨다. 엄마는 오랜 시간 아버지가 '나만의 남자가 아니'라는 것에 괴로워하셨고, 그만큼 단호하게 이혼으로 보복했다.

훗날 아버지가 엄마에게 재결합을 제의하셨을 때 엄마는 '흥!'이라는 한마디로 답을 대신하셨지만 지금도 여전히 아버지 소문에 귀를 기울이는 엄마를 보면 세상에는 정답 없는 질문도 많은 것 같다.

나이가 들면서 엄마의 얼굴은 지난한 삶이 투영돼 한마디 단어로는 표현할 수 없는 복잡한 표정을 띠게 되었다. 그것이 '받아들임'인지 모르겠지만 더 이상 엄마는 '박색'의 굴레를 벗어나려고 버둥거리는 것처럼 보이지 않았다. 하지만 '받아들임'이 얼굴에 스며들면서 이제는 누구도 엄마를 '못생겼다'고 표현하지 않는다. 누가 보아도 점잖게 나이 든 평온한 노인의 얼굴이다. 똑 닮은 딸을 여전히 인정하지 않는 것이 귀엽기까지 한.

매듭 혹은 착각

내가 언제부터 엄마를 어렵고 힘들게 여겼을까.

아주 꼬마였을 때부터 엄마는 내 편이 아니라고 생각했었다. 기억 속의 엄마는 언제나 내게 화가 나 있었고, 나에게는 무엇이든 당연하다는 듯이 요구하셨다. 딸이 여럿 있는 집안에서 외동아들을 편애하는 것이라면 소외감이 덜 했겠지만 내 경우는 겉보기에 아들 많은 집의 외동딸이었기에 내가 느끼는 서운함은 더 컸다.

초등학생 때는 잘못한 것 없이 맞아야 했던 엄마의 속풀이성 매가 해결하고픈 과제였고, 중고등학생 때는 거의 용돈을 받지 못하는 것이 문제였다. 나는 매일매일 엄마를 미워했지만 친구들에게 그 사실을 들키지 않으려 부모를 공경하는 아이인 척하며 학창 시절을 보냈다. 글짓기 시간이나 어버이날 편지 쓰기 같은 이벤트가 있을 때 아이들이 '내가 제일 존경하는 사람은 우리 엄마, 혹은 아빠'라는 문장을 쓰는 것을 보면서 속으로는 '웃기고 있네'라는 생각을 했다.

그렇게 나는 스스로를 고립시켰다. 가족 안에서 내 편은 아무도 없고 혼자라고 여기며 컸다.

이런 내 마음은 성인이 되어 아이를 낳고서도 여전했다. 오히려 아이를 낳아 키우다 보니 더 엄마의 마음이 이해되지 않았다. 어째서 그렇게 자식을 차별했는지 따지고 싶었다. 엄마와 지나간 아름다운(?) 추억의 대화를 나누다 보면 이해하게 되는 날이 오지 않을까라는 이성적인 생각을 안 해본 것도 아니다. 하지만 오랫동안 억눌려 있던 마음이 한두 번 대화를 나눈다고 해서 드라마처럼 짠! 하고 멋지게 해결되는 일은 현실에서는 일어나기 어렵다. 물론 엄마도 당신의 행동이 나빴다고 결코 인정하지 않았다. 해야 할 숙제를 하지 않았을 때는 더 큰 갈등이 기다리고 있고, 오래된 종기는 터져야 비로소 결말이 나는 것을 이미 충분히 알게 된 나이라 나는 엄마와의 화해를 기대하지도 않았는지 모르겠다.

큰아이와 다섯 살 터울의 작은아이까지 낳게 되면

서 나의 육아에 문제가 있다는 것을 깨달았다. 약한 체력에 직장과 집안일, 예민하고 까탈스러운 아이 등 여러 조건이 얽혀서 나는 언제나 내게 화가 나 있던 엄마의 모습을 닮아 가고 있었다.

큰아이는 어릴 때부터 영특했다. 특별히 가르치지 않아도 주위를 관찰하고 판단하는 능력이 있어 눈치껏 행동할 줄 알았다. 예민한 잠자리와 입맛을 제외하면 사실 나무랄 데가 없는 아이였다. 이와 반대로 죽을 때까지 내 편일 줄 알았던 남편은 결혼과 동시에 '소통이 안 되는 남의 편'이 되어 둘째를 낳았을 때쯤 우리 부부 사이는 악화일로를 치달았다. 나는 몰아닥치는 해야 할 일들과 소통의 부재 사이에서 어쩔 줄 모르고 혼자 침잠해 갔다.

하루는 여섯 살 큰아이가 그 날 해야 할 과제를 미루고 투정을 부렸는지, 늘 잘 풀던 수학문제의 다음 단계를 통과하지 못했는지 모르겠다. 진짜 원인이 무엇이었든 나는 큰아이의 작은 실수를 구실 삼아 하루 종일 부글부글 끓어오르던 마음을 제어하지 못하고 결국 아이에게 쏟아내고야 말았다.

큰아이에게 매를 든 것도 모자라 '이렇게 엄마 말 안 들을 거면 그냥 보육원에 데려다 주는 게 낫겠어. 가자, 유치원 가방 들고 나와! 지금 보육원 보낼 테니!'라고 으름장을 놓으며 작은아이를 들쳐 업고 큰 아이의 손을 거칠게 끌고 동네에 있는 보육원을 향해 걸었다.

사실 속마음은 화난 마음을 가라앉히기도 할 겸 아이 손을 잡고 동네 한 바퀴 걷다 보면 좀 누그러지 려니 하는 심산이었지만 마침 보육원으로 가는 길이 산책로와 이어지는 게 문제라면 문제였을까. 산책로 를 걷는 내내 큰아이는 아무 말도 못하고 울음을 참 고 있다가 끝내 엉엉 울며 주저앉았다. 그때쯤은 나 도 마음이 풀어져서 아이를 달래서 집으로 돌아왔지 만 그날의 기억은 아이에게 큰 상처로 남아 있었다.

얼마 전 큰아이와 함께 쇼핑을 마치고 집으로 돌 아오는 길에 유치원 가방을 멘 꼬마가 엄마 손을 잡 고 달랑달랑 걸어가는 모습을 보는데 문득 큰아이가 물었다.

— 엄마, 그때 왜 그랬어?

— 뭘?

— 아, 왜, 나 어렸을 때 보육원 데려다 준다고 질질 끌며 날 협박해서 그 앞까지 갔었잖아!

— 아유, 과장이 심하다! 하도 말을 안 들어서 그냥 혼 좀 내고 같이 손잡고 산책하자고 한 것뿐인데…….

— 어허~ 무슨 소리셔? 내 인생에서 그때만큼 무서웠던 때가 없었구만! 난 그때 엄마가 친엄마가 아닌 줄 알았어! 계모가 아닐까 생각했다고! 장화홍련에 나오는 그 못된 계모 말야! 여섯 살 애를 데리고 진짜 보육원 문 앞까지 훈육하러 가는 엄마가 세상에 어딨어?

— 애, 내가 언제 보육원에 데리고 갔다고 그래? 그 산책로 끝에서 니가 울면서 주저앉길래 달래서 겨우 데리고 집에 들어왔구만!

너무 다른 서로의 기억에 우리는 어이없어했다.

유치원 가방 멘 꼬마와 엄마를 보면 자동 소환되는 큰아이 기억 속 '엄마가 나쁜 계모일지 모른다'는 추측은 여간해서 풀리지 않는 매듭이 되어 있었다.

몇 번이고 사과했지만 꼬인 매듭은 쉽게 풀리지 않고 매번 섭섭한 일이 있을 때마다 등장하는 레퍼토리가 됐다.

나의 기억과 엄마의 기억에는 얼마나 많은 왜곡이 일어났을까? 나는 엄마라는 실로 얼마만큼의 매듭을 꼬아놓은 것일까. 아니, 매듭일까, 착각일까!

독립 만세!

제주도 한 달 살기, 단식원 한 달 살기, 자연림 한 달 살기…….

남편이 퇴직하고 나면 한 달씩 살기로 한 곳들이다. 처음에는 30년을 넘게 한 회사에 충성하였으니 자유의 몸으로 어디든 떠나고 싶다는 마음만으로 여기 가서 한 달 살다, 저기 가서 또 한 달……. 이렇게 훌쩍훌쩍 정착하지 않고 하고 싶은 것을 찾아다녀 보자는 말이었는데 점차 퇴직이 가까워지면서 우리의 이야기도 현실적이 되어 갔다.

— 근데 내가 퇴직할 때쯤이면 어머니들도 기력이 많이 쇠하셔서 힘드실 텐데 우리가 부산 가서 보살펴 드려야 하지 않을까? 서울 정리하고 부산 가서 사는 건 어때?

홀어머니의 장남인 남편은 책임감이 강하고 어머니에 대한 애정이 깊은 편이다. 엄마와의 관계가 아직 매끄럽지 못한 나로서는 부담스럽기도 하고 모실 자신도 없는 상황이라 남편의 은근한 물음에 긍정적인 답을 주지 못했다. 겨우 내린 결론이랍시고.

— 아직 아이들이 다 자립하지 못했으니 서울살이를 정리하고 가는 건 어려울 것 같아. 그리고 나는 아직 어머니들과 잘 지내면서 내 생활을 충실히 할 자신이 없어. 다만 당신이 퇴직하고 어머니와 함께 할 시간이 필요하다면 당신 혼자 부산에 가서 어머니를 돌봐 드리는 건 찬성해. 당신이 서울과 부산을 오가면 되잖아.

나의 어중간한 제안에 남편은 남편대로 당황한 듯 한 번 생각해 보자며 답을 미뤘다. 그러다 추석 연휴에 기차 예매를 서둘러야 할 시즌이 되었다. 몇 년 전부터 기차를 타고 서울 부산을 오갔는데 기차표 예매가 쉽지 않을 뿐더러 명절에 온가족이 모두 움직이는 것 자체가 중노동이어서 어느 순간부터 힘든 일이 되었다.

젊을 때는 '힘들어도 당연히 해야지!' 하는 마음이 었는데 나이가 들면서는 점점 오만 가지 생각이 겹치면서 가지 않을 이유를 찾고 있었다. 마뜩찮아 하는 내 모습을 남편이 좋게 볼 리 없었다. 마지못해 어영부영 추석 채비를 하는 내게 한마디했다.

— 아이구, 그렇게 가기 싫어? 당신도 그럼 애들 장가 가면 설, 추석에 오지 말라고 해. 얼굴 못 보고 살아도 잘 살기만 하면 되지 뭘.

— 응, 난 명절에 애들 안 와도 괜찮아. 그냥 명절에는 쉬고 애들이 오고 싶을 때 가끔 들러주면 돼. 마음 내킬 때 오면 고맙지.

— 지금이야 그렇지. 나이 더 들고 외로워지면 그게 가능할까? 당신, 장모님이랑 불편한 거도 이젠 어느 정도 풀어졌잖아? 장모님 연세도 있고 지난번에 뵈니 예전같지 않으시더만…….

― 엄마 곁에 사랑하는 아들이 있는데 무슨 걱정이야? 나까지 가까이 살면 없던 싸움도 나. 엄마가 아들 곁에 살고 싶다 소원을 해서 아들이 다 접고 부산 내려갔는데 딸한테까지 그러면 과욕이지. 그리고 울 엄마, 연세 더 드시면 딸은 기억도 못 하실걸?

남편은 내 말에 기가 찬다는 듯 입을 닫았지만 나로서는 절반은 진심이었다. 엄마는 이제 여든여섯이 되셨다. 총기가 흐려지면서 가끔은 알아듣기 힘든 말도 하고 없는 말을 지어내기도 하면서 외롭다, 힘들다 투정을 부리기도 하신다. 이틀에 한 번 집에 들러 엄마를 보살피는 아들이 그리워 투정 섞인 치매기로 아들 속을 뒤집는 기술까지 연마(?)하셨다. 근래의 엄마는 치매 요양 보호사의 도움을 몇 시간이라도 받고자 막상 치매 등급 검사를 받으러 가면, 얼마나 정신을 다잡고 답변을 똑똑히 잘 해내는지 갈 때마다 매번 경도인지장애라는 해피엔딩을 얻어낸다.

어쨌든 내 속을 털어놓자면 난 엄마의 경도인지장애 덕분에 오히려 편해졌다. 나를 향해 날이 세워져 있던 엄마의 신경이 이제는 웬만큼 누그러졌고, 나도 엄마에게 하고 싶은 말을 하면서 눈치 보지 않아도 되니 좋다. 엄마는 이제 내 전화를 반갑게 받을 수 있게 되었고, 나는 엄마와 전화할 때 죽고 싶도록 괴롭지 않아도 된다.

엄마 눈치 보며 산 세월이 길다 보니 곁에서 싸우며 사느니 떨어져서 애틋한 마음으로 사는 게 더 낫다는 결론도 내렸다. 이제는 적당히 내 속엣말을 해도 별로 중요하게 받아들이지 않겠거니, 들어도 금방 잊으시겠지, 하는 마음으로 엄마를 대한다. 엄마와의 떨어져 있음, 공백이 생기고서야 마음에 평화가 찾아왔다.

사람과 사람 사이에는 공백이 있어야 한다. 그것이 가족이더라도, 아니 가족이라서 더 공백이 필요하다. 내가 나로 있을 수 있는 독립된 공백이 있고서야 타인을 타인으로 대접할 수 있다. 고슴도치처럼 적당히 서로에게 상처 주지 않을 거리를 알아채는 것, 그것이 삶의 지혜인지도 모르겠다.

내 삶의 주기에 따라 공백의 거리가 달라져야 함

을 이제야 알게 됐지만 지금이라도 이 작은 깨달음이 나를 찾아왔다는 것에 감사한다. 그리고 뒤늦은 엄마로부터의 나의 독립을 기쁘게 맞이하기로 했다.

— 독립 만세!

✲✲ 한여름 밤의 꿈과 같은 시간을 보냈다. 내 지나온 시간들과의 짧지만 강렬한 만남으로. 게으른 오후와 첫 편집자님, 브로큰 라인의 글동무들과 마감. 이 완벽한 타이밍에 감사하고 결과물에 한 번 더 감사하다.

선희의 여름

카덴자

선희의 여름

나이의 앞자리 숫자가 6으로 바뀌었다, 드디어.

모두가 한 살이라도 어려 보이려고, 한국 나이, 만 나이, 생일 안 지난 나이를 따지며 숫자를 줄이는데 선희는 해가 바뀌기가 무섭게 냉큼 6자를 잡아버렸다. 그제야 숨이 제대로 쉬어지며 안심이 됐다.

6자에 전전긍긍하던 속내를 들키지 않으려 했고, 애면글면 내색하지 않으려 했고, 심지어 생각조차 해 보지 않은 것처럼 무심하게 아, 벌써 그렇게 됐나, 하며 초연한 척 하려 했다.

나이 들어가며 앞자리 숫자가 바뀌는 것에 무심한

사람이 몇이나 될까 싶지만, 앞자리가 6으로 바뀐다는 것은 육십갑자의 시작인 '갑(甲)'으로 되돌아온다는 것으로 인생을 한 바퀴 다 돌았다는 것을 의미한다. 어쩌면 인생의 굵은 매듭자리일지도 모른다. 시간에 경계가 있는 것은 아니지만 앞자리가 바뀌는 해에는 유독 예민해지는 것이 인지상정이다. 20대, 30대, 40대, 세대가 바뀌는 것이기 때문이다.

선희는 진심으로 나이 앞에 6자를 앞에 달고 싶었다. 달기를 소망했다, 간절히.

과연 올까, 반은 의심하고. 오겠지, 반은 믿으면서. 가까스로 6의 관문을 통과했다. 감격인지 감사인지 정체 모를 벅참이 몸 한가운데서 뜨겁게 올라왔다. 오랜 기간 소망하던 것이 이루어진 것이었다. 안도감으로 마음이 부풀어 올랐지만 겉으로는 아무렇지 않은 척하며 태연하게 새해를 맞았다. 간신히 잡은 이 행운을 누군가가 빼앗아갈세라. 마음에 담고, 다이어리에만 한 줄 남기고 넘기기로 했다.

드디어 예순 살이 되었다.

7년 전, 돌도 씹어먹을 왕성함으로 불도저처럼 일을 밀어붙이던 선희는 급정거를 해야만 했다. 남에게 피해 주지 않고 살려 애썼고 자신이 해야 할 일에는 최선을 다했다. 살면서 한 치의 실수 없이 매번 완벽할 수는 없어서, 어쩌다 나오는 실수는 다시 해서 복구하거나 더 큰 성과를 내서 만회하기도 했다.

하지만 이번은 달랐다. 리셋하여 다시 시작하여 만회할 수 있거나, 죄를 지었다면 속죄를 통해 거듭나는 기회도 얻지 못하는 불치병을 진단받았다. 의사마저도 치료가 어려워 잔여 수명 2~3년을 운운하는데, 누구를 붙잡고 하소연하거나 따지는 게 의미도 없을 뿐더러, 어디다 하소연하는 것도 구차스러웠다.

자존감 강하고 독립적인 선희에게 예고없이 들이닥친 불치병은 일종의 벌처럼 여겨졌다. 어떤 위로도 도움이 되지 않는 상황에서 어떻게 해야겠다는 의지도 없이 스스로 문을 걸어 잠그고 세상과 단절하였다.

— 죽지 않으면 살겠지.

자신이 이 세상에서 사라진다는데 그 무엇이 의

미가 있을까. 자신이 없는 세상은 생각조차 해본 적
이 없을 뿐더러 자신이 없는 세상에서는 그 어떤 것
도 아무 의미가 없었다. 아니 세상 자체도 함께 사라
져야 했다.

선희의 생활은 갑자기 닥친 절망을 감당하지 못해
혼돈 그 자체가 되었다. 온종일 울거나, 온종일 자거
나의 무의미한 행위만이 되풀이되었다. 이렇게 시간
이 지나면 분명히 자신도 부지불식간에 사라질 거라
고 여겼다. 예정된 자신의 삶의 종말을 바라보는 것
은 서글픔을 넘어 공포였다.

고된 치료로 인해 민머리가 되었고 무엇이라도 먹
어야겠다는 의지조차 없어 최저 몸무게를 갱신하던
날들이 무기력하게 흘렀다. 아직은 살아 있는 생물이
라서인지 뭘 해야겠다는 의식이 없는 중에도 시간은
보내야 했다. 환자 티가 역력하게 나는 두건 쓴 머리
를 호기심으로 쳐다보는 시선도 아랑곳하지 않고 선
희는 매일 집 밖으로 나가 발 닿는 대로 돌아다녔다.

매번 돌던 장소를 벗어나 새 아파트 단지로 들어

선 어느 날, 허리에 수액 주머니를 찬 메타세콰이어들을 맞닥뜨렸다.

— 얘네들에게 무슨 일이 있었던 걸까?

선희가 살던 주변으로 논밭이었던 곳에 몇 년 새 대규모 아파트 단지가 조성되었다. 이곳 아파트들은 친환경을 표방하며 지상에서 차를 밀어내고 공원을 최대한 확장시켰다. 단지 한가운데 공원들을 연결하는 큰길을 내면서 좌우로 메타세콰이어 60여 그루를 길게 늘어 심었다. 예정대로라면 메타세콰이어 산책로를 품은 멋들어진 친환경 아파트가 되었어야 했는데, 공사기간에 맞추기 위해서였는지 나무들의 사정을 고려하지 않은 강제 이식은 나무들에게는 큰 재앙이었다.

그해 여름에는 유난히 가물었다. 몇날 며칠 제대로 비 한 방울 내리지 않는 날씨 탓에 메마른 땅은 더욱더 메말라져서 가루가 날릴 지경이었다. 이런 날씨에 그렇게 큰 나무들이 무사할 리가 없었다. 나무들은 갓 옮겨진 데다가 낯설기만 한 새로운 땅에 적응해 뿌리 내리기가 더욱더 힘들었다. 매일 물차가 와서 이리저리 물을 부어대도 작고 여린 이파리부터 누렇게 떠가기 시작했다. 급기야 나무 허리에 수액 주머니를 달아 긴급 구호에 나선 모양이었다.

그런 메타세콰이어들을 보고 있자니 선희는 나무 걱정으로 애가 달았다. 살아야 하나 말아야 하나 할 정도로 절박했던 자신의 상황은 뒤로 밀려났다. 당장 눈앞에서 말라 죽어가는 메타세콰이어들이 애처롭고 안타까웠다. 살아내려고 모든 구멍구멍마다 작고 연한 잎들을 내밀며 바람과 햇살을 힘껏 그러모으는 나무들을 보살피듯이 어루만져 주었다. 목말라하며 누렇게 떠가는 나무들 옆에서 선희가 할 수 있는 일은 매일 찾아가 이 고비를 잘 넘기라고 격려하는 것뿐이었다. 그해 여름 내내 나무에게 힘을 보태기라도 하는 듯 나무를 보며 온종일을 보냈다.

사실 이제는 그날들이, 그 시간들이 제대로 다 기억나지 않았다. 두건을 쓴 선희가 공원 벤치에 앉아 수액을 매단 나무를 애처롭게 쳐다보는 모습만이 빛바랜 사진처럼 남아 있을 뿐이다.

언젠가부터 메타세콰이어가 가로수로 여기저기에 심겨졌다. 여름에는 무성하고 푸른 자태를 뽐내고 가을에는 갈색, 붉은색의 단풍을 만들어 계절에 따라 다양하게 풍경을 바꾸고, 잔가지 하나 없이 쪽 곧게 위로 올라간 모습은 복잡한 도시의 가로수로 적절해 보이기도 했다.

메타세콰이어를 보면 왜 늘씬하고 훤칠한 영국 왕실 근위대가 연상되는지. 사람 키의 십여 배는 족히 넘어 보이는데 밑둥은 잔가지 하나 없이 3~4미터나 곧게 뻗어 있는 게 매력이다. 이름도 발음하기 어려워서 메.타.세.콰.이.어. 몇 번이나 또박또박 연습을 하고 나서야 제대로 부르게 되었다. 어려운 외국어 이름이라서 이국적인 매력에 더 끌렸을지도 모르겠다.

제대로 감상하고 싶어서 메타세콰이어 길이 잘 조성되었다는 담양을 찾았다. 메타세콰이어들이 양쪽에서 보필해 주는 8킬로미터 여의 산책로를 걷는 내내 즐거웠다.

나무들은 온 가지들을 흔들어 선희를 기꺼이 환영

해 주었다. 따가운 햇살을 가려 주려고 높이 올려 맞잡은 가지들이 그늘을 만들고 서늘한 바람을 모아 주었다. 연둣빛 호위를 받으며 걷는 길은 환상적이었다. 자연에게 천상의 지극한 대접을 받았다. 사진에서 보아온 것 이상의 호사를 누렸다. 아마도 이 장관을 직접 누리려고 방문객들이 전국에서 달려오는 것 같았다.

50대에 막 들어선 그때의 선희는 젊고 당당했다. 아이들은 제몫을 해내며 잘 자라고 있었고, 풍족하지는 않지만 부족한 것은 미래의 자산에서 적당히 끌어다 메꾸며 살아도 될 정도로 가계도 안정적이었다. 일한 만큼 능력을 인정받았고, 노력으로 흘린 땀들은 경제적 보상으로 돌아왔다. 인생은 아름답고, 무한으로 열린 앞으로의 나날은 맘껏 힘껏 살라고 응원해 주었다. 밤마다 무탈하게 보낸 하루를 감사하며 잠들었고 오늘보다 나은 황금빛 내일을 꿈꾸었다.

선희는 차려입기 적당한 가을에서 겨울로 넘어가는 계절을 좋아했다. 약간의 명품 소품과 가방을 둘러메며 경제적으로 여유있고 안정돼 보이고 싶은 허영을 은근히 즐겼다. 남들과 견주어도 특별히 빠지지 않는 자신의 경제력을 내심 알아주기를 바랐다. 아니 혹시나 태가 나지 않아 아무도 눈길을 주지 않을까봐 안달을 하기도 했다. 사실은 남들은 다른 사람에게 그다지 관심이 없다는 것을 그때는 몰랐다.

진단 후 정밀 검사를 위해 병원을 예약할 때였다. 유명하다는 종합병원을 다 돌아보며 최고의 의료진을 선택해서 최상의 진료를 받고 싶었지만 병원의 문턱은 턱없이 높았다. 예약 자체만으로도 한두 달을 기다려야 했고 수술까지 하려면 더 긴 시간을 속절없이 대기해야 했다.

— 아니, 죽을지도 모르는 병이라는데 왜 일정을 빨리 못 잡는 거죠?

— 평생 처음 걸린 중병에 왜 빨리 대처해 주지 않나요?

— 병원이라는 데가 그럴 때 요긴하게 쓰라고 있는 거 아닌가요?

선희는 진료 일정이 안 잡혀 속이 타들어 가는데, 병원에서는 선희 같은 환자가, 선희보다 다급한 환자가 차고 넘치니 순서를 기다릴 수밖에 없다고, 감정이 섞이지 않은 말만 사무적으로 되풀이해댔다.

열흘이나 지나 어렵사리 진료일이 잡히고 의사를 만나러 가는 날, 선희는 가지고 있던 옷 중 제일 값비싼 것들로 온몸을 휘감고 고가의 액세서리를 걸쳤다. 넣을 것도 없는데 명품 가방도 둘러멨다. 비록 환자의 신분이긴 하지만 난 꽤 괜찮은 사람이고, 아직도 쓸모가 많으니, 제대로 된 진단으로 최고 최상의 치료를 원해,라는 말을 온몸으로 드러내고 싶었다.

그러나 이런 야심찬 계획은 병원에 들어서자마자 처음 만난 간호사의 사무적인 한마디에 속절없이 무너졌다.

— 564826님! 정확한 검사를 위해 액세서리는 모두 하나도 남김없이 제거하고 환자복으로 갈아입으세요.

정확하고 간결한 이 한마디뿐이었다. 이후 더 당황스러웠던 것은 선희라는 멀쩡한 이름을 두고 접수와 동시에 부여된 환자 등록번호가 선희를 대신하여 가는 곳마다 그 번호가 선희라는 확인 대조를 맡은 것이었다. 선희가 애정하며 이름 앞에 돌려가며 붙여 썼던 여러 개의 관사들은 다 쓸모가 없었다. 오히려 걸리적거리기만 할 뿐이었다. 모두 떼어버리고 순수 생물 선희만 남았다.

맥없이 모든 것을 체념하게 되면서 불쑥 떠오른 한 가지에 매달렸다. 인과관계도 없고 맥락도 없이.

― 예순 살까지는 살고 싶다.

과연 7년 후 예순 살까지 살아남을 수 있을까? 환갑을 지날 수 있으면 얼마나 좋을까,였다. 백세 인생이라며 모두들 예순 살은 가뿐히 넘기는 시대인데 선희에게는 간절히 소망해야 다다를 커다란 산처럼 느껴졌다.

선희가 살고 있는 곳은 대도시 변두리다. 한 발짝만 물러서면 지방 소도시에 편입되는 경계권이다. 맞벌이로 밤낮없이 일하면서도 이 경계를 지키는 것이 쉽지는 않았다. 아이들이 자라면서 더 큰 공간이 필요했지만 공간을 확대 이동하는 것은 비용이 만만치 않아서 추가 부담 없이 옮겨 앉을 경계 밖의 넓은 집을 알아보고 재보는 사이에 아이들이 훌쩍 커버렸다. 자의 반 타의 반으로 이곳이 그냥저냥 편안하고 살기 불편하지 않은 안정된 주거공간이라고 합리화하면서 낡아가는 노후한 집과 함께 이 자리에서 삼십 여 년간 나이 들어 가고 있다.

이 모든 것이 다 예정된 운명이었던 건지. 살아가는 동안은 한 달에 한 번씩 주기적으로 병원에 가서 남은 삶의 유예받아야 하는 선희로서는 집조차 경계에 살고 있는 것이 자신의 처지와 비슷해서 좋았다. 어찌어찌 예순 살은 달았지만 아차 하면 나락으로 떨어질 수 있는 아슬아슬한 경계선에서 줄타기를 하는 삶이었다.

오르페우스의 뒤를 따라 지상으로 올라가면서 남편이 절대 뒤를 돌아보지 않기를 바라는 에우리디케의 마음이 바로 선희의 마음이었다.

그리스 신화에 나오는 오르페우스는 산천초목과

짐승들까지 감동시킬 정도로 리라를 신통하게 잘 연주했다. 아내 에우리디케가 뱀에 물려 죽자 오르페우스는 저승세계를 찾아가 자신이 제일 잘 하는 리라 연주로 하데스를 감동시켜서 아내를 다시 지상으로 데려가도 좋다는 허락을 받았다. 단 지상에 올라가기 전까지 절대 뒤를 돌아봐서는 안 된다는 조건이 붙었다. 죽음의 세계를 벗어나면서 지상의 빛이 보이기 시작하자 오르페우스는 너무 기쁘고 안도하는 마음이 든 나머지 절대 뒤를 돌아보지 말라는 금기를 잊고, 자신도 모르게 뒤따라오는 에우리디케를 보기 위해 몸을 돌렸다. 그 순간 에우리디케는 아주 슬픈 얼굴로 어둡고 차가운 지하세계로 되돌아가고 말았다.

선희는 건강을 위해 무조건 물 좋고 공기 좋은 전원 환경을 찾아서 살기는 어려웠다. 병원이 가까이 있는 것이 더 중요했다. 지금 살고 있는 곳은 시내 중심부에서 멀어진 만큼 녹색지대가 많아서 꾸준한 운동이 필요한 선희에게는 적당한 환경이었다. 집에서 나와 십 분 여를 걸으면 한강둔치와 연결되는 뚝방길에 들어서게 되고 잘 조성된 공원 역할을 하는 산책로를 지나 한강 습지 공원에까지 이어지는 동안 나무들 사이를 걸으며 자연을 즐기기 좋았다.

선희로서는 한가한 시간을 보내기에도 좋고, 건강을 위한 간단한 운동을 하기에도 좋은 여건이었다. 같은 시간대에 만나는 산책객들과 눈인사로 알은체하면 혼자라는 생각이 들지 않았다. 분명 이런 자연지형은 삼십 년 전에 선희가 이 동네로 들어오기 전부터 있었을 텐데 그 존재를 체감한 것은 얼마 되지 않았다. 빡빡한 일정으로 일에 묻혀 사는 동안은 이런 공간에 관심조차 두지 않았다. 하지만 지금은 운동이 선택이 아니라 필수가 된 7년 전 이후 매일 찾는 친숙한 곳이 되었다.

이 뚝방길에서 동네 사람들의 애정을 듬뿍 받는 제대로 된 메타세콰이어 산책길을 만날 수 있는 것은 행운이었다. 잔가지 하나 없이 매끈하고 시원한 기력지를 자랑하며 하늘 높은 줄 모르고 솟아오른 300여 그루의 메타세콰이어 군락이 양쪽으로 줄지어 멋진 산책로를 만들어 냈다. 일부러 고개를 들어 올려다보지 않으면 그냥 기둥인가 할 정도로 말없이 자리하고 있다. 하지만 높은 곳에서 보내오는 그늘과 바람으로 그 고마운 존재감을 충분히 느낄 수 있었다.

선희는 아침에 일어나면 제일 먼저 뚝방길 메타세 콰이어에게 간다. 생명의 길이다. 살아 있음을 느끼게 하고 살아 있게 만든 생명의 길이다. 길에 들어서자 마자 딱히 누구에게라고 할 것 없이 큰소리로, 나 왔 어요,라고 인사한다. 그러면 밤 동안에는 가지들을 늘 어뜨리고 편한 자세로 있던 나무들이 인기척을 느끼 고 사람들이 알고 있는 모습으로 얼른 돌아가는 것만 같다. 천 년을 이어가는 나무들답게 고작 백 년을 사 는 사람들이 나무 아래에서 활개치며 귀찮게 하는 것 쯤은 눈감아 준다는 아량으로 그러는 것 같다.

매일 반갑게 접하다 보니 엉뚱한 생각도 해본다. 얘네들 매일 이렇게 서 있으려면 다리 아프지 않을 까? 나무도 여기저기 세상 구경하고 싶지 않을까? 그 런 생각은 나만 하는 엉뚱함은 아닌 듯하여 <반지의 제왕>에서 나무 부대의 출동을 볼 때는 절로 박수가

나왔다. 움직임 없이 자기 자리를 묵묵히 지킬 뿐 세
상 일에 절대 간섭을 안 한다는 나무들이 위기에 처
한 인간들을 구하기 위해, 고민에 고민을 거듭하고
긴 회의 끝에 수천 년간 지켜온 규칙을 깨고 달려 왔
다. 나무에 대한 무한 신뢰를 보내기에 충분한 장면
이었다.

아침에 일어나 창문을 열자 기다렸다는 듯이 매미
떼의 울음소리가 쏟아져 들어왔다. 어느 계절이 좋냐
고 누가 묻는다면 선희는 한치의 망설임없이 답했다.
— 여름이 좋아요.
살아 있는 온갖 것들의 생명력이 왕성해지는 계
절이다. 여름에는 모든 생물이 만개하여 제 양껏 마
음껏 활개치고 산다. 7년 내내 땅속에서 지내다 지상
에 올라오길 고대하던 매미떼가 목청껏 울어대며 한
평생을 마무리하는 계절이다. 누가 매미소리를 시끄
럽다고 했을까. 온몸으로 열렬히 한 생을 살아내는
충실한 모습일 뿐이다. 극성스런 모기떼의 그 왕성한
생명력마저도 사랑하고 싶어지는 계절이다.

봄이 되면 겨우내 추위에 움츠러들었던 몸이 만물이 소생하는 기운을 받아 서서히 살아나는 게 느껴진다. 가을은 결실의 계절이라지만 조금씩 추워지는 열악한 환경이 힘에 부치고 견디기 힘든 생물들은 이별 준비를 해야 하는 쇠락의 계절이다. 물론 결실을 내놓긴 하겠지만. 아프고 나서는 지는 석양도 예뻐 보이지 않고 떨어지는 낙엽은 더더욱 감당하기 힘들었다. 사그라드는 선희의 모습이 지는 해에 감정 이입이 되어, 붉게 타오르는 저녁 노을은 생의 마지막 몸부림으로 여겨졌다. 다음날 다시 떠오르는 걸 알면서도 지는 해는 보고 싶지 않아 서쪽창에는 늘 커튼을 드리워 놓았다.

잘 다듬어진 정원보다는 아무렇게나 제멋대로 자라는 돌보지 않는 들판이 좋다. 사람의 손이 닿지 않아서 더 자연 그대로의 모습을 지니고 있는 자유로움이 좋다. 멋있는 조경을 위해 잘려 나가는 잡초들이지만 빠른 왕성함으로 곧 회복해내었다. 그 잡초들의 생명력이 부럽다. 온실 속의 화초와 비교되면서 잡초들은 질긴 생명력의 대명사가 되었다. 누가 굳이 찾아주지 않아도, 이름을 불러주지 않아도 자기 자리에서 온 힘을 다해 살아가는 그 생명력을 선희는 갖고 싶었다.

선희 자신이 여름이었으면 했다. 물기가 잔뜩 오른 푸른 잎에 손을 대면 선희의 몸에도 여름의 생생한 푸른 물이 차오를 것 같다. 흐르는 땀을 마다하지 않고 온몸이 젖도록 여름을 받아들이고싶다.

여름만 계속되어도 좋겠다. 다소 연약하고 보잘것없어 보이는 생명들도 그나마 맘껏 제 세상을, 자신의 생명력을 피워 올리는 계절이다. 있는 힘껏, 마음껏 푸름을 내뿜고 살고 싶을 뿐이다.

가식과 허울은 다 벗어버리고 진실하게 있는 그대로 후회 없도록 살고 싶다. 준비된 이별 따위는 없다. 떠오르는 해, 생생하게 푸른 이파리 등 생의 활력을 돋우는 것들을 보면 반갑고 삶에의 의지가 더 솟아오른다. 여름처럼 살다가 그대로 멈췄으면. 선희는 여름처럼 살다 가리라고 마음먹었다.

― 오늘만 잘 살면 돼. 내일은 없어.

핑크빛 미래를 꿈꾸면서 오늘을 참는 일은 없어졌다. 하루하루를 충실히 밀고 나갈 뿐이다. 그래서 매일매일이 귀하고 소중했다. 매일 크고 작은 일들이 일어나지만 느끼지 못하거나 대수롭지 않게 여기면 별일 아닌 게 되어버렸다. 딱히 선희에게 일어나는 일만 아니라면 그냥저냥 살아가졌다. 어제 같은 오늘, 오늘 같은 내일의 무한반복이었다. 사실은 별일 없는 게 아니었다. 그저 한 발짝만 뒤로 물러서서 바라보면 대수롭지 않아지는 일들이 대부분이었다.

혹독한 여름을 이긴 아파트의 메타세콰이어들은 기특하게도 십여 미터 남짓한 털북숭이 모습으로 지금까지 잘 자라 주었다. 어떻게든 위기를 넘기고자 온몸의 에너지를 다 끌어쓰기 위해 구멍마다 구조 신호를 내밀던 여린 가지들은 그 자리에서 세를 불려나가서 작지만 통통하고 풍성하게 자라났다. 가까이 다가가 과연 메타세콰이어가 맞나 살펴보지 않으면 몰라볼 정도로 잔가지마다 푸른 잎들이 풍성했다. 전보다 키가 조금 자라고 풍성한 잔가지가 밑둥부터 촘촘하게 삐죽삐죽 내밀고 있어 모양은 변형됐을지언정 그 강인한 생명력으로 백 년 이백 년 이상, 늠름한 자태로 이곳을 지키고 있을 것이다.

　그 공원을 산책할 때마다 여린 가지들을 어루만지며 칭찬을 아끼지 않는다. 사실은 선희 자신에게 하는 말이었다.

　― 쑥쑥 자라서 너희도 얼른 높은 곳에서 세상을 봐야지.

.*.* 올 여름은 유난히도 치열했습니다. 주어진 시간을 소비
만 하면서 살다가 무언가를 해보고자 이런 저런 궁리를 하
느라 잠깐 여름을 잊기도 했습니다. 더 벗어낼 것이 없는데
도 자꾸 몰아대는 여름 때문에 힘이 들었지만 왕성한 여름
의 생명력에 젖어드는 것이 좋았습니다.

우리가 첫 문장을 쓸 때

박혜영/소설가

에어컨을 켜지 않고 견딜 수 없는 무더운 나날이었다. 해는 오래도록 떠 있었고, 늦게까지 잠이 오지 않았다. 드라마도 재미가 없었고 유튜브도 지루했다.

책을 읽는 것은 많은 에너지를 필요로 했고, 산책이나 청소는 하기 싫었다. 침대에 누워 뒹굴거리며 심심해, 심심해, 말만 하고 있었다. 꽃씨처럼 뿌린 비도 금세 말라버리던 그 여름, 그들의 글을 만났다.

'팔뚝이 선뜻선뜻해지던 늦가을 같던 저녁'으로

시작되는 글을 처음 읽었을 때, 내 팔뚝에도 기분 좋은 소름이 돋았다. 눈부신 아침 햇살과 나른한 담배 연기, 햇볕에 바짝 말린 세탁물 같은 파차마마의 아름다운 풍경이 선연했다. 짧은 도입부만으로 단숨에 눈길을 끈 이야기는 양양과의 만남과 교류, 이후에 필연적인 갈등이 그려지며 다음 전개를 궁금하게 했다. 한 편의 완벽한 작품을 만났다. 차가운 아메리카노를 들이켠 것처럼 번뜩 정신이 들었다.

머리 대신 가슴을 울리는 이야기도 있었다. 곧게, 화합하며 잘 살라는 의미를 지닌 이름에 얽힌 사연으로부터 출발한 이야기는 몇 십 년에 걸친 다난한 가족사를 그리며 깊은 공감과 여운을 불러일으켰다. 착하다는 의미의 재정의를 거쳐 결국 삶을 '받아들임'으로, 마음 속 진실을 길어올리는 사유의 정점을 보여 줬다. 거짓이 만연한 세상에 이토록 솔직한 이야기도 있었다. 놀라운 글이었다.

<선희의 여름>은 빠르게 지나가는 시간의 틈을 잡고, 잠시 멈춰 서서 숨을 고르는 이야기다. 갑작스러운 암으로 인해 급정거한 자신의 삶을 붙들어, 아무런 보탬이나 빠짐없이 상처를 담담하게 서술하는 작가의 용기에 감탄했다. 청량한 여름, 허리에 수액 주머니를 찬 메타세콰이어들을 바라보는 작가의 시선이 따뜻하다.

아이가 있어 내가 없었고 내가 있고 아이가 없었다는, '어른'과 '으른' 사이에서 숨바꼭질하듯 털어놓는 이야기도 미소를 짓게 했다. 금사빠 주인공의 설레는 연애담과 좌충우돌 결혼 생활을 거쳐 어느덧 삼십 대 중반, 아이와 나 사이에서 존재의 균형을 찾는 일은 언제나 만만치 않다. 소소하고 즐거운 일상 속 에피소드들이 나에게 힐링을 선사했다.

기뻤다. '삶을 돌보는 글쓰기의 힘'이라는 주제로, 서로 다른 이야기들이 어우러지며 저마다 멋스럽게 꽃을 피워내고 있었다. 한장 한장, 책장을 넘기는 것이 아쉬웠다. 이야기가 끝나지 않았으면 좋겠다고 생각했다. 책장을 덮고도 다시 읽고 싶어졌다. 이렇게 좋은 글들을 왜 이제야 만나게 된 걸까.

그리고 여기에, 작가들이 있다. 나이가 6자로 바뀐 자연인으로, 한 아이의 엄마로, 누군가의 딸로, 여행자로, 자신만의 빛나는 글감으로 이야기를 만들었다. 나는 속절없이 그들의 글에 빠져들었다. 그들에게는 삶이 있었다. 누구도 대체하지 못할 고유의 그 삶이 자양분이 되었다. 삶은 어떻게 글이 되는가. 여기에 그 답이 있다.

글을 쓰는 것은 힘든 일이다. 진득하게 한 자리에 앉아 빈 모니터를 들여다봐야 한다. 오랜만에 하는

회식을 포기해야 하기도 하고, 긴 호흡으로 마라톤을
하는 것처럼 시간의 한 부분을 내줘야 한다. 흐르는
시간과 싸우며, 한 자 한 자 알맞은 단어를 골라가며,
투쟁하듯, 그러나 고통을 즐기기도 하며, 그렇게 그들
의 땀방울이 엮여 한 권의 책이 되었다.

　우리는 모두 작가다. 지치지 않고 글을 쓰는 한.
'서울형책방지원사업'으로 소중한 작가들을 알게 되
었다. 그들에게 주어진 지면이 반갑기만 하다. 프로그
램을 기획안 책방 <게으른 오후>에도 고맙다는 말을
전하고 싶다.

　이렇게 글을 쓰는 동안에도 시간은 간다. 하루 종
일 돌아가던 에어컨을 껐다. 창문을 열었다. 시원한
바람이 불어왔다. 이 여름이 다 가기 전, 이 책을 서점
에서 다시 만날 수 있을까. 그때는 반가운 마음으로
책을 집어들고 싶다.

책상 앞에 앉아 문서 프로그램을 연다. 키보드에 손을 올려놓는다. 무엇을 적을까 상상한다. 앞으로도 수없이 지워질 첫 문장을 쓴다. 나도 작가가 되기 위해. 그들과 어깨를 나란히 하기 위해.

공간의 힘

전미경 · 게으른 오후 책방지기

가슴속에 응어리가 만져질 때마다 뭔가를 해야겠다는 생각이 들었지만 그 무엇이 무엇인지 몰랐다. 친구를 만나 담소할 때도 이야기는 겉돌기만 했다. 내 응어리를 나누고 싶지만 친구에게 짐만 될 거 같았다. 글로 쓰면 어떨까 하는 생각은 머릿속에만 있을 뿐 가슴속 응어리는 더 단단해져 갔다.

<삶을 돌보는 글쓰기의 힘>을 기획했을 때, 그동안 미뤄놓은 숙제의 마감을 알리는 신호처럼 여겨져 무작정 쓰기 시작했다. 문장이나 구성이 어쩔지는 생

각하지 않고 남보기에 부끄럽지 않을까 하는 눈치도 모른 체하고 써내려 갔다.

이 작업에 함께 하는 동료들이 있는 건 더 큰 힘이 되었다. 공간의 힘인지 <게으른 오후>에서 처음 만나는 순간부터, 약간의 쭈뼛거림으로 예열을 하고 자신의 속내들을 풀어놓기 시작하자 동질감이 형성되고 동료애가 느껴졌다.

평생 혼자서 하는 일을 해 왔던 터라 같은 목적으로 밀고 나가는 동료가 있다는 것은 든든한 지원군을 얻은 것마냥 좋았다. 서로 쓴 글을 돌려보고 무언의 응원과 조언을 아끼지 않았다. 그렇게 여름이 가고 작지만 결실을 얻었다.

부끄러움은 안드로메다로 보내고 새로운 시작으로 여긴다. 이왕 출발했으니 이제부터는 겁먹지 말고 쓰고 싶은 글을 써야겠다. 이 모든 것이 있게 해준 모두에게 감사를 전한다.

2023년 여름 끄트머리에서

브로큰 라인
- 선으로 가는 중
ⓒ 문유정 · 링링 · 안정화 · 카덴자

초판 1쇄 발행 | 2023.9.8

지은이 | 문유정 · 링링 · 안정화 · 카덴자

기획 편집 | 전미경
펴낸이 | 정세영
본문 디자인 | 디자인글로
표지 디자인 | 문유정
표지 그림 | ⓒ 문유진

펴낸곳 | 위시라이프
등록 | 2013.8.12 /제2013-000045호
주소 | 서울 강서구 양천로30길 46
전화 | 070-8862-9632
이메일 | wishlife00@naver.com
ISBN | 979-11-976477-4-1
정가 | 13,000원